# 楹联类纂

林在勇 著

复旦大学出版社

**林在勇**

文史学者、诗人编剧，上海作家协会会员，中华诗词协会会员，中国戏剧文学学会理事。曾任华东师范大学副校长、上海音乐学院院长等职，现任上海师范大学党委书记。主要研究领域为汉语言文学、中国思想文化，诗词曲创作研究专业研究生导师。发表《心灵底片的曝光——试析莫言作品的瞬间印象方式》（1986）、《发展神话观初论》（1989）、《孔子对中国古代辩证法思想的贡献及其成因》（1991）等论文几十篇；出版《怪异:神乎其神的智慧》《玛雅的智慧——浪漫神奇的文化隐喻》《论语日讲》《张岱年学述》《见仁见智》等专著，主编《当代人文社科名家学述丛书》《中国文史百科·思想卷》等著作十余部。系原创音乐剧《梦临汤显祖》、歌剧《汤显祖》《贺绿汀》、歌舞剧《2020好儿女》总策划、作词，音乐剧《春上海1949》编剧、作词。

近年出版诗词曲合集《雅颂有风——近体古体诗三百零五首》《比兴而赋——词牌创作三百零五例》《韵成入乐——散曲、杂剧二百曲牌创作合辑、附京剧曲词》（华东师范大学出版社）、《壬寅诗存400首》（作家出版社）、《谛观四季——壬寅百画诗册》（上海人民美术出版社）、《声尘证道——林在勇歌词唱段150首选》（上海音乐出版社）。即出《癸卯杂诗500首》（上海文艺出版社）等。

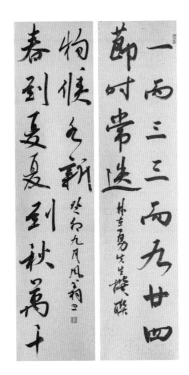

林在勇先生撰联（气运周流）

一而三，三而九，廿四节时常迭；

春到夏，夏到秋，万千物候各新。

癸卯九月风翁（陈洪武）书

陈洪武，艺名萧风，1962年生，江苏淮安人，毕业于首都师范大学书法艺术专业，第四、五、六届中国书协理事，曾任中国书法家协会分党组书记、驻会副主席、秘书长，中国国家画院书法篆刻院副院长。作品多次入展中国书法兰亭奖、全国书法展，为中国美术馆、故宫博物院、人民大会堂等收藏。发表、出版论著、诗集多种。

林在勇先生联句（生生在天）

纵三秋老去；又一岁新来。

癸卯金秋百札馆主人张瑞田书

张瑞田，原名张瑞方，吉林市人。中国作家协会会员，中国书法家协会书法评论与文化传播委员会秘书长，中国作协作家书画院常务副院长。出版散文随笔集、艺术评论集《百札馆闲记》《忧伤的野马》《砚边人文》等多种。文艺评论荣获第九届中国文联文艺评论一等奖，入选第七届"啄木鸟杯"中国文艺评论推优作品。

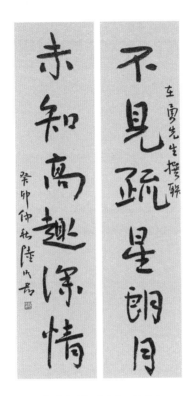

在勇先生撰联（此心清净）

不见疏星朗月；未知高趣深情。

癸卯仲秋 陆明君

陆明君，1962年生于山东昌邑，毕业于吉林大学古籍研究所，先后获历史学硕士、博士学位（历史文献、书法文献方向）。中国艺术研究院研究员、博士生导师，中国书法家协会理事、学术委员会委员，中国美术家协会会员，西泠印社社员，国家艺术基金评审委员，多所高校客座教授。

林在勇先生拟联（天时周行）

日月升沉两不碍；春秋来去各相宜。

牧羊堂蓊白（王飞）书

王飞，字蓊白，印号琴堂，现居北京。中国书法家协会会员，中央国家机关美术家协会理事，兰山印社社员。就学于中国美术学院书法系和现代书法研究中心，获中国艺术研究院文学硕士学位，被评为中国艺术研究院优秀毕业生。现为北京大学、中国人民大学、中国国家画院胡抗美曾翔书法工作室助教。

日月昇沉两不碍

春秋来去各相宜

林在勇先生拟撰

牧羊堂蓊白书

林在勇先生撰联（志士情怀）

千秋无意共长寿；万世有心开太平。

癸卯夏日　小晴

刘小晴，1942年生，上海崇明人，号一瓢，二泉。毕业于鲁迅美术学院国画系，曾任上海书法家协会副主席。现为中国书法家协会学术委员会会员，上海市书法家协会顾问，上海大学文学院兼职教授，上海沪东书院院长，上海书画出版社《书法》杂志副主编，上海文史馆馆员。师从钱瘦铁、应野平，善工楷、行。

林在勇先生撰联（宏抱素怀）

无限江山，有涯人生无限意；
偌长历史，介多悲悯偌长情。

癸卯 孙进 书

孙进，上海警备区原副政委、少将，
上海市国防教育协会会长。祖籍广
东梅州，1958年出生于浙江舟山，幼
习书法，临池不辍，作品多次参加全
国、全军、军区和省、市展，被多
家博物馆等机构收藏。上海书法家
协会会员，海上兰亭书法院副院长，
上海天艺书画院副院长。

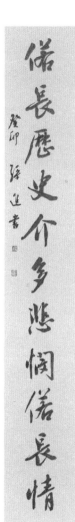

在勇先生联句（君子自处）

应物终须心定；安身但以天真。

癸卯秋月　阎揆

阎揆，号净一，净乙居士，1964年出生，江苏东海人。中国书法家协会会员，中国书法院外联部主任，中国标准草书学社社员，江苏省青年书法家协会副主席。

林在勇先生撰联（此生明白）

谁命于天，想必成些善业，了犹未了；

何缘在此，理当做个好人，行所当行。

天石楼石节（张雅臣）书

张雅臣，字石节，斋号天石楼，1963年生，现居洛阳。中国书法家协会会员，河南省美术家协会会员，曾被聘为西安美术学院、洛阳师范学院等高校客座教授。作品多次入展全国展。绘画《吉祥富贵》被北京市人民政府天安门地区管理委员会收藏，书法被国内外机构或个人收藏。

林在勇先生撰联（格局乃大）

一生有我还无我；三界入之能出之。

癸卯九月书于径山 法涌

法涌，浙江杭州径山万寿禅寺监院，杭州市佛教协会理事，杭州市余杭安乐禅寺住持。通佛理、工书法。

（持此一心）

入无差别境；念有作为人。

纬东 书

张纬东，河北省书法家协会副主席、副秘书长，廊坊市书法家协会主席。1967年出生，字穆之，号无佛，斋号别古草堂，又署三省堂、墨荷精舍。河北大学本科、中国政法大学硕士研究生毕业。《书画中国》杂志出品人、燕山印社、慕鸿书法研究社副社长，作品曾入展全国首届书法兰亭奖、全国第八届书法篆刻作品展。

（清静寂定）

执着心、无明无见；从来事、何作何成。

在勇先生句 如道人照诚于海上龙华

照诚，俗姓王，1967年10月生于辽宁大连。现任上海市佛教协会副会长，上海龙华古寺方丈，辽宁营口楞严禅寺方丈，上海圆明讲堂、辽宁大连正觉讲寺等寺院住持。

在勇先生佳联（无碍智慧）

思将相与随缘事；愿得从来自在心。

　　　　癸卯仲秋　贺进　书于见山楼

贺进，1983年生人。先后毕业于南京师范大学书法系、中央美术学院首届兰亭书法班。中国书法家协会会员、中华诗词学会会员、中国楹联学会会员。中央美术学院继续教育学院客座教授，荣宝斋书法院书法导师，河北美术学院、燕京学院、燕京理工学院、潍坊科技学院客座教授。廊坊市书法家协会燕郊直属分会主席。

林在勇先生撰联（自适无他）

独处诸欢并至；一诚万法都来。

癸卯秋日 张卫东

张卫东，中国书法家协会会员、行书委员会委员，上海市书法家协会副主席。1968年11月生于江西高安，自号半瓢，斋名散怀草堂。1985年开始发表书法、篆刻、文章。参加中国书协第六、七、八、十、十一、十二届书法篆刻展（特邀），获第二、五、六届兰亭奖，入展青年展、楹联展、正书展、扇面展、册页展、手卷展等展览四十多次。

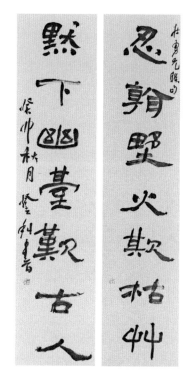

在勇兄联句（感时伤怀）

忍看野火欺枯草；默下幽台叹古人。

癸卯秋月 登科 书

王登科，1963年生于辽宁海城市。历史学博士、书画家。历任《中国书法报》副总编辑、荣宝斋书法院院长、荣宝斋《艺术品》期刊主编。现为中国书法家协会楷书委员会委员、中国国家画院研究员、吉林师范大学双聘教授、故宫博物院中国书法研究所客座研究员、南方科技大学驻校艺术家、教育部人文社科项目评议组成员。

林在勇先生撰联（此中堪隐）

野有闲人馀岁短；身无长物剩诗多。

癸卯九月 赵丽宏 书

赵丽宏，1952年生于上海，散文家、诗人，曾任全国政协委员、上海市人民政府参事、中国作家协会全委会委员、中国散文学会副会长，现任上海作家协会副主席、《上海文学》杂志社名誉社长，华东师范大学、上海交通大学兼职教授。出版各体文学著作一百余部。

林在勇先生撰联（吾言吾志）

欲随工部留诗史；好为苍生作史诗。

癸卯 潘文国 书

潘文国，华东师范大学终身教授，博士生导师，著名语言学家、中英双语专家、资深翻译家，对中国传统文化有精深研究。著有《韵图考》《诗词读写初阶》《经典通诠：经史子集的文化释读》《卧霞诗词》及书法《吟馀墨痕》等。

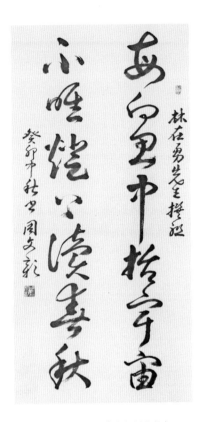

林在勇先生撰联（士须弘毅）

每向思中括宇宙；不唯灯下读春秋。

癸卯中秋书 周文彰

周文彰，笔名弘陶，1953年8月生，江苏宝应人，哲学博士，研究员。曾任国家行政学院副院长、博士生导师，第十二届全国政协委员，第六届中国书法家协会理事，中央国家机关书法家协会副主席。现任中华诗词学会会长。

林在勇先生撰联（风恬月朗）

事终究无非身外；心如何都在理中。

大堂严亚军 书

严亚军，号太虚堂，大堂。中国书法家协会会员，中国楹联学会会员，上海书法家协会常务理事，浦东新区书法家协会副主席。作品入展第十二届中国艺术节全国优秀书法篆刻作品展，全国第二、三、四、五届（特邀）草书艺术作品展等，曾获第五届东北亚国际书画摄影最高奖，上海市第八、九、十届书法篆刻作品展览优秀奖（最高奖）等。

在勇先生以句嘱书并蕲正腕　时癸卯秋仲

天地暂为客；春秋不等人。

窥道人　张国恩

张国恩，号定远，窥道人，1957年生，河北保定人，农工党员，上海市第十一、十二、十三届政协委员、常委，上海市政协书画院、上海觉群书画院画师。上海市书法家协会会员，吴（昌硕）门第四代传人，师承曹简楼、吴长邺先生，作品被上海市档案馆、上海图书馆中国文化名人手稿馆、俄罗斯现代书法博物馆收藏。曾获得上海市第三届"慈善之星"称号。

林在勇先生撰联（通透人生）

想千百年后能存者；寻一二处中与乐之。

华波 书

华波，中国书法家协会会员，中国书法家协会第十届国学班成员，上海市书法家协会会员、草书专业委员会委员，上海市青年文联理事，上海市杨浦区拔尖人才，上海市杨浦区书法家协会副主席，《青少年书法报》编委会委员，江苏省江阴市介居书院院聘书法家。

林在勇联语（平易逊顺）

入世能教尘事简；容人为使自心宽。

寬庵黄海林 草录

黄海林，生于辽宁凤凰城，现为中国书法家协会会员，中华诗词学会会员，中国楹联学会会员，《中华书画》《品味水墨》《鉴宝》编委，辽宁书法家协会理事，辽东国画院副院长。

林在勇先生联（君子勉之）

学富五车，所贵与时俱化；
才高八斗，须能向外无争。

　　　　癸卯中秋　曲庆伟　书

曲庆伟，字慕远，别署凌寒斋主人。
1970年生于黑龙江省延寿县，曾深
造于中国人民大学首届优秀中青年
书法家硕士研究生课程班。中国书
法家协会会员，黑龙江省当代艺术
研究院书法院副院长，黑龙江书法
家协会硬笔书法委员会副主任，慕
鸿书社社员。2009年荣获中国书法
最高奖兰亭奖艺术奖一等奖。

学富五車所貴與時俱化

才高八斗須能向外無爭

林在勇先生聯

癸卯中秋曲庆伟書

（是谓良宵）

有灯还看一窗月；无欲自忙两壁书。

癸卯秋 邋庐 洁明 书

张洁明，号邋庐，中国书法家协会会员，上海市文联委员，上海市书法家协会常务理事、行书委员会副主任，上海市政协书画院特聘画师，上海市金山区文联副主席，金山区书法家协会主席。

林在勇先生联（读悟境界）

慧来无个山应驻；暝着有些书可亲。

江右 欧阳荷庚 书

欧阳荷庚，江西万载人。中国书法家协会会员，江西省书法家协会常务理事，宜春市书法家协会主席，江西师范大学书法研究中心研究员，江西九三学社书画院副院长。第七届中国书法兰亭奖入选者，全国第十一届书法篆刻作品展览优秀作品（最高奖项）获奖者，在中国书协主办的专业展览中获奖、入展共计五十余次。

林在勇先生拟联（和光养慧）

有见不妨从众里；得心倒要去书中。

癸卯吉日 觉醒

觉醒，中国佛教协会副会长，上海玉佛禅寺住持。1970年生，辽宁人。1985年依欣一法师出家，同年在玉佛寺受三坛大戒，1989年毕业于上海佛学院。复旦大学哲学博士，泰国摩诃朱拉隆功大学名誉博士。历任全国政协第十至十二届委员，上海市人大代表、常委会委员，上海市儿童福利院名誉院长，上海市慈善基金会副理事长，上海公共外交协会副会长，上海觉群文教基金会理事长等。

林在勇先生撰联自励诲儿

应为世上做功多者;不怕人中享福少些。

法眼祖庭南京清凉古寺住持理海

理海,甘肃武威人。毕业于中国佛学院,1994年受聘至中国佛学院栖霞山分院任教至今,任副院长兼教务长,主讲《二课合解》《佛典选读》与《楞严经》等,著有《佛教课诵要义辑》等多种。任中国佛教协会理事、江苏省佛教协会秘书长、南京市佛教协会副会长,南京市政协常委。2009年主持恢复禅宗法眼宗祖庭南京清凉寺并任住持。

林在勇先生撰联（芳翰如神）

信笔写来多好字；任情行去每春风。

癸卯 孟鸿声

孟鸿声，1963年出生于山东淄博，先后就读于南京艺术学院和北京大学哲学系，中国书法家协会理事兼行业建设委员会志愿服务工作部秘书长，中国教育学会书法专业委员会副会长，山东省政协常委，山东省文联二级巡视员，山东省书法家协会常务副主席兼秘书长，草书委员会主任，山东省青年书法家协会名誉主席，山东中国和平统一促进会副会长。

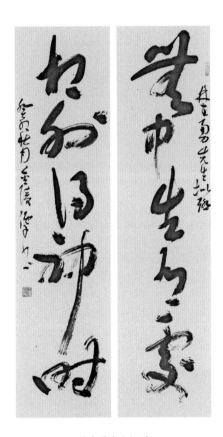

林在勇先生拟联

无中生有处；相外得神时。

癸卯秋月 金陵 强子 书

王强，1965年生于江苏宜兴。现为江苏省直书法家协会副秘书长，中国标准草书学社社员，江苏省书法家协会会员，南京书画院特聘书画家，南京财经大学艺术设计学院兼职教授。

在勇先生拟联（念念同在）

思将瘝瘝一心守；祈与舟车万里行。

癸卯之秋 雪邨 徐梅

徐梅，女，字雪邨，号梅箬。同济大学博士。中国书法家协会会员。早期海派书法代表清道人李瑞清第四代传人。曾任上海市青年书法家协会副主席。现任上海市政协书画院副院长、上海市女书法家联谊会执行会长、上海市书法家协会青少年工作委员会副主任兼秘书长、上海书画院画师等。

在勇先生佳联

总有情生微妙雨；却无梦驻往来风。

癸卯 农夫 书

农夫，1960年生于北京。中国书法家协会会员，中国美术家协会会员。6岁起学习书画，书法初宗晋唐，画宗明清，后追宋元，近尤得李可染先生墨法，启功先生、林散之先生之笔法。20世纪90年代在法国等地举办个人书画展并获得巨大成功。他踏遍青山、搜尽奇峰，把关注与热爱蕴藏于故国千山万水的书画作品中。

林在勇先生撰联（良朋益友）

相投气息堪沉浸；共好时光是切磋。

癸卯金秋于怡心堂 吴雪 书

吴雪，1959年7月出生，安徽亳州蒙城人，1982年毕业于安徽大学哲学系。中国书法家协会理事、创作委员会委员，安徽省书法家协会主席，安徽省第六届文联主席。幼酷爱笔翰，初习唐楷，后研汉碑，继而专攻行草。以帖为师，师古不泥。作品风格天真烂漫，无拘无束，平淡自然，豪纵奇逸，洒脱率真，风姿跌宕，极富新意。

林在勇先生佳联

与花相对沾嘉气；有德为邻聚好风。

安徽潜山野人寨 汪惠仁 书

汪惠仁，作家、书法家，《小说月报》《散文》主编，百花文艺出版社总编辑，中国作家协会会员、散文专委会委员，民进中央委员，全国政协委员。

林在勇先生拟联（东坡赤壁）

纵火烧舻，江月周郎曾照；

临风傲雪，扁舟苏子又来。

癸卯秋 秉仁 书

邵秉仁，1945年12月出生，中国书法家协会顾问、原副主席，中国艺术研究院特邀研究员，中国人民大学书法教授，曾担任国家体制改革委员会副主任等。其书以二王为宗，兼蓄米赵，著有《诗文书法集》《邵秉仁谈书法与传统文化》等。

癸卯菊月（渊明阳明）

五柳读书，妙在不求甚解；

龙场悟道，本于自有良知。

寒山 秋爽

秋爽，字果净，俗姓孙，1967年9月出生于江苏海安。现任中国佛教协会副秘书长、江苏省佛教协会会长、苏州市政协委员、寒山寺方丈、重元寺住持。

林在勇先生联（诗海心澜）

帆飞三两点；潮起万千横。

癸卯之秋书　申阳

丁申阳，国家一级美术师。现为中国书法家协会草书委员会副主任、上海市书法家协会主席、上海市文联副主席、上海美术家协会会员、上海电影家协会会员、中国文字博物馆书法艺术研究员。

在勇先生撰联（雨霁时然）

风驻风行，午后一场欢会；

云来云去，山头两处明晴。

癸卯八月 潘善助 书

潘善助，中国书法家协会副主席、中国教育学会书法教育专业委员会副理事长、教授。出版《书法工作散论》等著作、教材、字帖16册，在《中国书法》《书法研究》等学术刊物发表论文40余篇，获第二届中国书法兰亭奖。

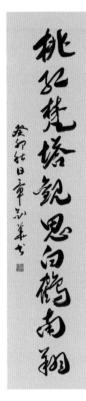

林在勇先生撰**联（春**申旧诗）

雨霁枫桥，惜赏练塘徐汇；

桃红梵塔，观思白鹤南翔。

癸卯秋日 章剑华 书

章剑华，1957年生，江苏宜兴人，在职研究生学历，文学博士。国家一级艺术监督（正高级），教授，博士生导师。现任江苏省文联主席。

林在勇先生为广陵撰联

梦中津渡，风月当年，一二言传曰若；
诗里亭桥，烟花胜季，万千意会维扬。

时年癸卯之冬 大明寺 能修 书

能修，俗姓薛，名平生，1966年生，原籍江苏东台，研究生学历。1983年依瑞祥和尚剃度于南京灵谷寺，1986年受具足戒于南京栖霞寺，1999年升座大明寺方丈。现任中国佛教协会常务理事、江苏省佛教协会副会长、扬州市佛教协会会长，江苏省政协委员、扬州市政协常委，中国书法家协会会员，鉴真文化研究院院长、鉴真书画院院长。

故国神游 林在勇先生撰联

旧地几番过客；长天一片浮云。

岁癸卯秋 陈海良 书

陈海良，1992年毕业于南京师范大学首届书法专业本科，文学博士学位。现任中国艺术研究院教授、博士生导师。中国书法家协会理事，"国展"评委，国家艺术基金评委。获中国书法兰亭奖首届提名奖、第二届一等奖，全国第七、八届书法篆刻展"全国奖"等最高奖，著有《中国书法墨法研究》《中国书法名家丛书——陈海良卷》等十余种。

故国神游 林在勇先生撰联

长天一片浮云

旧地几番过客

岁癸卯秋 陈海良 书

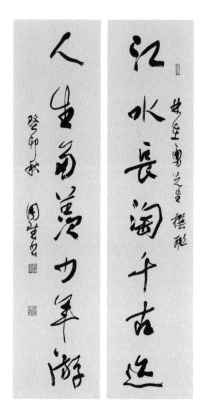

林在勇先生撰联（一路歌行）

江水长淘千古迹；人生多羡少年游。

癸卯秋　周斌　书

周斌，文学博士，浙江大学书法文献学博士后。现为上海交通大学人文学院长聘教授（二级教授）、博士生导师，中国书法文化国际传播研究所所长，书法小联合国（联合国NGO）终身主席，上海市书法家协会常务理事。

在勇教授咏夹竹桃联

醉白连天春未去；香红扑面夏方来。

癸卯金秋 问白 朱晓东 书于浅砚斋

朱晓东，字滋德，号浅人、问白，1962年8月生于上海，曾代表复旦大学荣获首届全国大学生书法竞赛一等奖（1981年）、首届兰亭书法大赛优胜奖（1985年）。主编有《韩天衡美术馆藏品选》、上海市中小学《篆刻》教材。曾任上海韩天衡美术馆馆长。现为复旦大学特聘书院导师、徐悲鸿艺术学院客座教授、上海市书法家协会老年书法工作委员会秘书长、韩天衡文化艺术基金会秘书长、吴昌硕艺术研究协会常务理事。

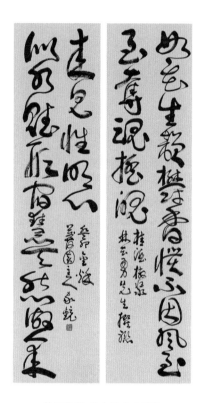

桂酒椒浆　林在勇先生撰联

如花生韵，郁香惯不因风至，至夺魂摇魄；
似水赋形，宿慧天然做人来，来见性明心。

癸卯金秋　万荷园主人　家铉

申家铉，中国美术家协会会员，中国中外名人文化研究会文化
艺术委员会副主席，著名军旅画家。毕业于解放军艺术学院，
先后就学于中央美术学院、中国国家画院。曾被评为当代30
位最具学术价值与市场潜力的人物画家。

林在勇先生为辰龙年撰联

开张天正有春行气象；
奇逸人应同岁运精神。

癸卯之秋于复旦 王联合 书

王联合，安徽桐城人，经济学硕士，教授（编审），现为复旦大学出版社副总经理，复旦大学书画篆刻研究会理事，安徽省桐城派研究会副会长等。书法作品先后赴韩、日等国及上海图书馆展览，多幅作品被复旦大学图书馆收藏。著述多部，涉及证券投资、出版传媒、散文随笔及长篇小说等。

国泰民丰 林在勇先生撰联

乐与同胞同不老；喜添一岁一还春。

癸卯年 郭纪野 书

郭纪野，号果根居士，中国佛教艺术书画院院士。家学渊源，自幼学书，二十岁即为黑龙江省书法家协会会员、棠市书法家协会理事。上海江东书院特聘书法家。平生之快事，做義之真卿门下长跪者。恬淡一生，诚厚一生，信奉以书法结善缘、行好事。

# 序一

当我得知林在勇先生有意让我为他的这本新书作序时，确实有点意外，也有点开心。于是便在给他的微信中写下了斩钉截铁的三个字："谨奉命！"

窃以为，林在勇先生选择我作序，那是对我的信任；而我愿意为他写序，也是对他的肯定。而这些，又都是建立在不可思议的缘分之上的。缘分这东西的确很奇妙：不可求，不可测，不可言传。我和在勇初识于上海作协，时间是2022年的10月11日下午，离现在一年还不到，后来也没有见过几次面，可是仅仅凭着微信来往，竟很快地成了惺惺相惜的好朋友。我曾写了首诗送他：

萧萧白马从骊驹，陌上罗敷美丈夫。

太乐丞迁大祭酒，鸳鸯补换白鹇图。

百篇斗酒心随口，二句三年泪湿襦。

前世与君似相约，何时挥麈说欧苏？

相隔不到一个半小时，他即写成了步韵诗，诗曰：

匆匆岁月隙中驹，无用五车叹老夫。

不为修成何种果，也曾画得几张图。

浮才差可称心手，善作未能歌袴襦。

知命之年犹半醉，感公诗偈作醒苏。

其出手之快，质量之高，足令我拊掌拍案。

其实，在与在勇短短的交往中，这种"拊掌拍案"的事情还真不少。比如，他用十天时间写出了两百首可堪把玩的律诗；又比如，他创作的音乐剧《春上海1949》出手不凡，在舞台上一炮打响。而眼前的这本新书，则又给我带来了最新的惊喜。我仔细阅读了书中二十二个门类中的一千余副对联，虽不能说是字字珠玑，但其中的绝大部分作品，同样使我有种拊掌拍案的冲动。

借此机会，我要感谢林在勇先生又写了一本好书，也要感谢复旦大学出版社又出了一本好书。概括一下，这本书之所以好，就是好在它做到了很难做到的三个"适"。

其一是适时。在十分强调传承中国优秀传统文化的今天，应该没有人不了解对联这一文化遗产在其中的重要作用了吧？但是到底怎样才算是真正的对联，相信大部分人还是不甚了了的。上海有个寺庙，柱上挂着的对联竟然全错。在一位高知家的客厅里，最显眼的位置挂着一副由书法名家书写的"对联"："天若有情天亦老，人间正道是沧桑。"这自然是很有名的诗句，但那是对联吗？又为什么不是对联呢？高知、书家尚且如此，他人则又何说？而在西安小雁塔荐福寺大雄宝殿原址的正门处，镌刻着一副烫金的对联："千年古刹自女皇开基走过风雨夏春秋，百代皇寺从盛唐立业跨越唐宋元明清。"这副对联至少犯了三个错误：出现相同的字，上联末字不是仄声，"风雨夏春秋"与"唐宋元明清"结构不匹配。这样的对联挂在著名古迹的门口，真是大煞风景。而这本书中的一千副对联，则是百分百的中规中矩，在格律上十分考究。这里仅举一例："润雨青枝先出叶；感春老树抢开花。"从格律上分析：上联二、四、六三处的字构成仄平仄，下联的相应位置则构成平仄平；上联末字"叶"是仄声，下联末字"花"是平声。这就完全符合了对联的基本格律要求。再从句子结构分析："润雨"与"感春"，都是动宾词组；"青枝"与"老树"，都是偏正词组；"先"与"抢"在这里都做副词用；"出叶"与

"开花"，又都是动宾词组。这就叫作规范。所以从这个意义上说，在勇的这本书，针对现在社会上大部分人对对联"爱而不懂"的状况，是有着教科书式的启蒙作用的。

其二是适用。这本书的书名有着"类纂"二字，很明白地表达了作者的创作意图。再看他所分的二十二个门类，也都是非常实用的。试看书中的三副春联："薄雾翩翩承旧梦；微曛悄悄入新年。""早鹊摇翻天竺子；初阳敞向腊梅风。""风寒凝雪冬听过；花树含苞春许开。"都写得春意浓浓，很有特点，春节时贴在门口是很典雅的。再看现在流行的春联，大体离不开十二生肖，牛年必是"牛气冲天"，马年必是"万马奔腾"，羊年离不开"三阳（羊）开泰"，鸡年离不开"金鸡报晓"。尤其是今年，又想出了"大展宏兔""钱兔无量"之类，居然还上了某些报纸电台，这便是俗不可耐了。而同样是十二生肖，在勇写得就雅，雅在绝不"鸡飞狗跳"，而是把生肖隐于典故雅语之中。请看他的十二生肖是怎么写的：

昨夜悄悄忙忙运来云霄宝殿千钟天储禄；

新年吹吹打打庆有玉桂蟾宫五子连登科。（鼠年）

协理阴阳春不喘，迎春年画得五牛图本意；

均匀雨旱岁宜平，贺岁钟声听百姓祝天心。（牛年）

虎虎生风瑞兽偕来福气；

年年有喜新春又起祥云。（虎年）

本尊具冰雪聪明常居玉宇；

今岁携风花福泽又下蟾宫。（兔年）

开张天正有春行气象；
奇逸人应同岁运精神。（龙年）

鸿运及身添作福；
青云到此化成龙。（蛇年）

门庭生骐骥，春风佳日驰行千里；
传说有飞黄，好运吉时腾踏九重。（马年）

春依花树呈新样；
岁合神祇示吉祥。（羊年）

王母蟠桃宴分来，新增瑞寿；
西天佛祖经取到，长祷嘉年。（猴年）

句芒青帝驾将至；
昴日星君冠愈红。（鸡年）

佳音春水汪汪至；
正气阳天跃跃来。（狗年）

天道周行，最是今春福分大；

流年递至，何如这个生肖欢。（猪年）

　　其三是适观。这里的"观"，就是观赏。从意境的层面看，这本书里的佳联妙联的确是为数很多的。有的赏心悦目，如"出水浮萍，枝嫩还随浪隐；护花掩面，叶阔每顺风倾"（荷塘生趣）；有的意蕴深刻，如"头疼医脚遇高手；事乱观心听上人"（佛法得度）；有的发人深省，如"算算秋月，变千番弦上弦下；看看平湖，有万个人来人回"（惘然修短）；有的诙谐幽默，如"事虽成，看着良心太少；书也厚，观之废话颇多"（不免感慨）。据我与在勇交往中的感觉，他是个很全面的人，所以他能够让书中的二十二个门类体现出各自不同的风采。比如"人物门"，其实就是对历史人物的点评，有不少的真知灼见在；又比如"禅意门"，体现的是他的佛学底蕴，有的本身就是一首很好的偈。

趁着"老杜"台风带来的清凉，昨天赶紧把书看完，今天又赶紧把序写完。关了电脑，又觉意犹未尽，于是写了一副嵌名联作为结语：

在不争名羞逐利，勇而夺席朗吟诗。

**胡中行**

写于海上盆葵精舍

（作者系复旦大学教授、博导，

上海觉群诗社社长）

# 序二

　　对联是以汉语言文字为载体、以对偶方式呈现的简短而完整的文学样式，也称楹联、楹帖、联语，俗称"对子"。

　　对联的源头是诗歌。《诗经·采薇》："昔我往矣，杨柳依依；今我来思，雨雪霏霏。"《楚辞·离骚》："朝饮木兰之坠露（兮），夕餐秋菊之落英。"都是很好的对偶句。南朝时期，沈约发明"四声八病"。唐代产生了律诗，律诗中的对偶，除要求上下句词性相同或相近外，还要求上下句平仄相反，这种高度凝练而富有张力的特殊结构，使人看了这一面习惯地再去看另一面，因而在律诗对偶句的基础上，自然衍生出一种相对独立的文体——对联。因此，对联的特点和要求包括：一是上下联所对词性相同或相近，结构一致；二是上下联平仄相反，音韵谐调；三是上下联内容相关，意境浑成。

对联成为独立文体的社会原因主要是古代的"桃符习俗"。在旧历辞旧迎新之际，人们用桃木板画上保护神，挂在门上驱邪避鬼，以求平安。到五代时期，后蜀皇帝孟昶在桃板上书写了两句吉祥语："新年纳余庆，嘉节号长春。"学界多认为这是最早的春联。

古代木质建筑结构中的柱子叫"楹"，因此悬挂在柱子上的对联，亦称楹联。北宋太平兴国二年（977），吴越国忠懿王钱俶在上海建龙华寺。有一天，寺僧契盈陪忠懿王游碧波亭，契盈在碧波亭柱上题了一副楹联："三千里外一条水，十二时中两度潮。"明清时期对联被广泛运用到节庆、哀挽、园林、书斋、社交等诸多场合，是对联发展的兴盛时期。对联具有讽刺现实、陶冶性情的作用。对联与书法结合，可以渲染气氛，装饰居室，宣传商业，雅化景观。很多名联具有重大的思想价值和美学价值，成为中华民族优秀传统文化的组成部分。

我所了解的林先生，少年即显示文学和绘画天赋，学府生涯则饱学淹通，诸多学科领域著述颇丰，又长期在高校从事管理工作，历任华东师范大学党委副书记兼副校长、上海音乐学院党委书记兼院长、上海师范大学党委书记。这样的文学天赋、文史哲贯通的知识结构和办学治校的历练见识，融入对联作品中，既机趣横生，充满感性之灵动，又纵横开阖，富有理性之通透。

林在勇先生出版过诗集《雅颂有风：近体古体诗三百零五首》《谛观四季——壬寅百画诗册》《壬寅诗存400首》、词集《比兴而赋：词牌创作三百零五例》、散曲杂剧集《韵成入乐——散曲、杂剧二百曲牌》。诗、词、曲、戏剧、散文等多种文体的句法，也融入他的对联创作中，或凝练典丽，或雅俗并陈。

林先生《楹联类纂》题材广泛，内容丰富，新意迭出。全书按内容相对集中的原则，分为岁时等22类，涉及的内容有：四季更替，如"似昨冰才解；忽今潮已奔"（初春）；日月天气，如"日月升沉两不碍；春秋来去各相宜"（天时）；治国安民，如"汗久收，身扛货，楼有高低，路无远近；活忙做，脚踏车，人无贵贱，世有劳闲"（民工）；立身处世，如"师古师今求事妥；学来学去为心安"（儒者）；处世原则，如"世事何能都允正；人心欲使尽公平"（气度）；人生慨叹，如"流云欲寄兴亡味；飞瀑自倾惆怅杯"（怀古）；人生感悟，如"想千百年后能存者；寻一二处中与乐之"（通透）；人生境界，如"回甘最是清清水；知味方为默默山"（知默）；佛理禅心，如"纵有纷思，默将念守；更无他语，笑把花拈"（禅修）；诗歌创作，如"欲随工部留诗史；好为苍生作史诗"（言志）；生活滋味，如"未觉鸣蝉噪；时闻烤肉香"（走街）；家风家教，如"见事应开真智慧；做人不耍小聪明"（家训）；文人雅事，如"横辄正平，竖而中直，立做世型规矩，撇之轻放，捺以沉舒，写成人字楷模"（书法）；男女爱情，如"莫怪他神情失态；只因伊品貌多娇"（恋爱）；人间友情，如"处事有容乃大；与人唯澹方长"（交友）；文化名人，如"五柳读书，妙在不求甚解；龙场悟道，本于自有良知"（陶渊明王阳明）；山水草木，如"频吹泉响淘清耳；漫送林烟接翠毡"（喀纳斯）；地域名胜，如"三镇九省中枢地；两江二灵对望峰"（武汉）；旅游见闻，如"牛奔赤幔，儿郎多血气；扇摆红裙，风俗共天真"（西班牙）；咏物寄怀，如"骨硬身孤寂；枝繁叶郁葱"（胡杨）；吉庆题贺，如"明眼儿前边看得年成红火；玉身子月上奔来耳顺祥风"（卯兔年吉）；等等。这些佳联妙对，展现了作者敏锐的思想、洒脱的情怀，以及深厚的人文修养。

林先生的对联在写作技法上也是匠心独运，其艺术特点可以概括为以下五个方面。

一曰学养富赡，说理圆融。如"邯郸勿学一尊步；罗马应通异路车"（自主）。立身处世，不步趋他人，要有主见，视野开阔，条条道路通罗马。

二曰写景状物，鲜明生动。如"乱絮飞花，春风似病；横波跳豆，池雨多狂"（暮春）。暮春时节，风狂雨骤，乱絮飞花春似病，雨打池波如豆跳，形象鲜明。

三曰寓情于景，风神潇洒。如"闻觉经声多妙善；看回月色带清高"（向道）。经声妙善，月色清高，耳目空明，境界高远，最耐人寻味。

四曰比喻用典，意味隽永。如"浩渺

铺陈黄海渡；绵延点串绿洲花"（沙漠），以黄海比喻宽广起伏的沙漠；"不知不愠谁尴尬；如切如磋自琢磨"（修为），不知不愠、如切如磋，均出自《论语》。

五曰句法多变，活泼晓畅。林先生广泛运用诗、词、戏曲、骈文、散体文、白话、方言等多种词汇句法，给人以灵活多变、活泼流畅的美感。

其一，诗词句法，指与律诗、宋词相似的句式结构。

律诗句式，如"总有情生微妙雨；却无梦驻往来风"（禅诗）。

回文联的句式源自回文诗。所谓回文，又称回环，就是利用语序的回环往复来表达事物之间的有机联系。回文诗可以顺读，也可倒读，回文联也是如此，别有情趣，如"诗须无意得；得意无须诗"（闲心苦情）。

词又名长短句，对联中融入词的句式，表现为上下联各由长短不齐的若干短句组成，如"鄞州西望，迤岭送、龙来地脉；云舶东朝，景风吹、春到海陂"（四明山）。

其二，戏曲句式，包括元杂剧、南曲戏文中的宾白和唱词，文白相杂，雅俗兼容，并有较多叠字，其表达效果是自然酣畅，亦庄亦谐。林先生长于戏曲创作和研究，自然不费力气就把戏曲的句式引入对联中。如"花事乱分时程，斑斑颜色，无处不是念念；春情难理头绪，缕缕香氛，此中有个人人"（初恋）。

其三，骈体文、散体文句式。

骈体文，又称骈俪文，其句式特点：每句四字或六字，或者由两个四字短句组成，或者由四字短句加六字短句组成，故又称四六文，其中也有掺杂五字句、七字句的。句式组合方式是前后两句或两组句子平行、对偶，像两匹马并驾或夫妻成双。

散体文，句式长短不齐，语序一般不颠倒，不省略，而且有较多的虚词。

林先生笔下骈体文句式对联，如"进

退乐忧，不在远湖高庙；死生轻重，有如岱岳鸿毛"（志向）。

散体文句式对联，如"宏堂闻钹，识空难也，是故须看根器；静室繙经，脱有易乎，否则何用轮回"（佛学）。

其四，方言口语入联，如"无限江山，有涯人生无限意；偌长历史，介多悲悯偌长情"（宏抱）。介多，吴方言，多么。"医生嘱之，人老不怕小儿多动症；李白说了，诗佳莫如饮者好留名"（饮者）。

总之，林先生的对联情景相生，情理并重，妙语连珠，读之，不仅能领略联艺之美，而且能陶冶情操，提升境界。

对联是素质教育的重要组成部分，能够培养青少年的文学创作能力。现代大儒陈寅恪《与刘叔雅论国文试题》一文论及"属对"作为入学试题的理由时说："凡能对上等对子者，其人思想必通贯而有条理，决非仅知配拟字句者所能企及。故可藉之以选拔高才之士也。"此外，对联具有讽刺现实、陶冶性情的作用。对联与书法结合，可以渲染气氛，装饰居室，宣传商业，点缀景观。

我从2004年参与创办江西省楹联学会并被推为会长，直到2022年换届交班，忝居会长之职长达18年，平时喜欢写对联，但研究不深。林先生是大学领导、古典文献学专业研究生导师，是名副其实的"执牛耳者"。真诚希望林先生能以自己的创作实绩和身份地位，把对联这种微型美文发扬光大，由"润身"推到"及物"，惠及广大青年学子，则功莫大焉。

文师华

2023年初春于南昌大学

（作者系南昌大学教授、中国楹联学会常务理事、江西省楹联学会名誉会长，曾任中国楹联学会评审委员会副主任）

# 目　录

01

岁
时

一而三，三而九，廿四节时常迭；
春到夏，夏到秋，万千物候各新。

（气运周流）

天候温寒非确凿；
新年心气渐豪雄。

（立春行运）

几瓣梅残犹恋树；
一声莺啭为祈春。

（动静消息）

红绿曾经难得见；
暖寒早晚不须惊。

（春来向好）

新年历定花朝节；
前约诗偿春酒盟。

（二月初二）

润雨青枝先出叶；
感春老树抢开花。

（卯月风来）

暄风戏画一池皱；
暖日徐回百草匀。

（春分气象）

将生将灭莫非化；
或雨或旸皆有情。

（清明时节）

麦稗均沾天有义；
阴阳合看道无心。

（谷雨普惠）

江南多雨河渠涨；
塞上长晴黍麦圆。

（小满将成）

晴将入伏心先热；
雨未出梅田愈滋。

（江南五月）


入伏晨挥如雨汗；
出梅早见自霞天。

（江南六月）


先行潜伏炎热地；
好做旁观冷静人。

（处暑清心）


看天看地两清爽；
与物与人皆喜欢。

（秋分最宜）


来下纷传天地信；
居高自结水云盟。

（小雪佳令）

薄雾翩翩承旧梦；
微暾悄悄入新年。

（除夕将春）


早鹊摇翻天竺子；
初阳敞向腊梅风。

（喜迎春节）


风寒凝雪冬听过；
花树含苞春许开。

（交岁光景）


梅赠暖风天，塞外恰逢三月；
雁归残雪地，诗中犹带旧年。

（冬去春来）


恼翻天序温寒互；
惹遍人情暖昧交。

（初春心事）

似昨冰才解；
忽今潮已奔。

（北国春早）

风树频摇催朽老；
云枝悄长发萌新。

（秋落春生）

迟日先知侵晓冷；
早花不怕倒春寒。

（二月向荣）

雾岭沉遥，人家烟火云头隐；
秧田涨满，童子笛声牛背行。

（春耕时节）

雨爱春枝，听个芳丛窸窣；
天怜幼草，看他生气萌茸。

（大地初阳）

倒映湖光，看的山犹旧影；
顺推花事，思来岁已新春。

（触景生情）


疑无韶气行天地；
幸有春风动岁华。

（时来兴感）


新桃将盛，三月伤情最易；
芳草又兴，一年寓意良多。

（春心犹怅）


那个去年春又到；
这厢旧痛病重来。

（岁时多感）


花归时，根尚在；
人去后，春何之？

（四月伤怀）

响遏飞云春且驻；
觞流曲水岁将驰。

（诗酒伤逝）

乱絮飞花，春风似病；
横波跳豆，池雨多狂。

（时在季月）

看花人似临风树；
祈雨春来有爱天。

（多情季节）

怅蝶徒何舞；
怜花兀自忙。

（暮春兴观）

天光黯淡浮云下；
心气迷蒙懒意生。

（梅雨时节）

涵春难写入时句；
熬夏乱开驱暑方。

（炎凉奈何）

眠酒得诗，正好安神耐暑；
顺天见性，方能养气涵春。

（消夏怡情）

乱雀偏多枝上闹；
闲蝉每向耳中喧。

（暑夕自安）

天开智慧情三世；
人合风神韵五弦。

（七夕闻乐）

花间露气应初感；
林下蝉声已惯听。

（身心秋安）

目张方慕飞鸿影；
耳闲忽听飘叶风。

（秋来禅意）

无似此之一言含蓄；
合如来了千里婵娟。

（中秋望月）

新花开未从春别；
秋叶怜应到老同。

（金天舒怀）

一年最是三秋日；
两耀还当四季天。

（渊清协爽）

过看庭前天色晚；
侧闻树上桂花香。

（秋夕怡然）

一岁荣枯景；
两边新旧情。

（秋冬寄怀）


神思大化随时变；
地气微阳隔日晴。

（岁暮如春）


飞雪将临，老叶尚能存韵，风怜树上；
立冬已过，暖阳犹若来春，情好江南。

（玄英可心）


时看岁杪云沉野；
每喜晨初风入窗。

（冬日早兴）


连寒节气连天雨；
隔岸峰峦隔眼云。

（江南岁暮）

樱飞催泪，寒雨菊开，似水流年人又老；
莲动送香，冽风梅挺，如花换季岁还新。

（四时都好）


三生三世在；
四季四回更。

（岁月多情）


两仪生四象；
一岁爱三春。

（天运流年）


纵三秋老去；
又一岁新来。

（生生在天）


又是春来花下；
仍将诗到画中。

（岁时兴感）

02

天

象

天旋西北频频补；
地向东南步步倾。

（日月江河）


日月升沉两不碍；
春秋来去各相宜。

（天时周行）


霞宇彤明时，炽盈东郭；
云帷蓝湛处，丽在西桑。

（日出天青）


日月东西升落际；
心情冷暖感怀中。

（天地人间）


江河流注恒平水；
日月经行不变天。

（道之大原）

目下夕晨暂；
思中日月长。

（人天相对）


捣乱平湖方出月；
抚平斜照半红云。

（向晚清嘉）


金乌才下伽蓝树；
冰镜新添补怛光。

（日就月将）


五更残月钩风起；
一天孤星引日升。

（心目皆晨）


常忍流形亏缺去；
总知偿约满圆还。

（如月之恒）

东天久候猜心冷；
半夜迟来望眼寒。

（弓月下弦）


番波如是万千至；
轮晕不唯三五盈。

（海上明月）


身长影短日分午；
事缺思圆月入宵。

（人在天南）


欲我周流窥奥义；
知其往复示明心。

（日月鉴人）


望眼凝星天廓净；
快云追月夜清明。

（金风中秋）

腾日应来还亮白；
孤星尚在自清高。

（晨风向晓）

夜落四隅犹未息；
斗升一极正新衡。

（仰观天象）

不见疏星朗月；
未知高趣深情。

（此心清净）

一天感得四时意；
两造听生八面风。

（晨夕气象）

台风何不至；
大汗几无休。

（暑热思凉）

天上争方热；
人间枉立秋。

（夏暑何长）


几处微蒙留梦觉；
无边清旷待云堆。

（秋夜心天）


穹帷推攘顽童闹；
天地开张妙画工。

（风云雷电）


乘风雨过须无意；
向晚云来或有情。

（山中感天）


花边叶动风摇影；
窗外纱垂雷隐天。

（西厢待雨）

日眠寒碧，心头愿应期来至；
天嚼肥浓，云上花随意而生。

（飞雪迎春）


朗朗疏疏千飞羽；
缤缤纷纷六出花。

（瑞雪兆丰）

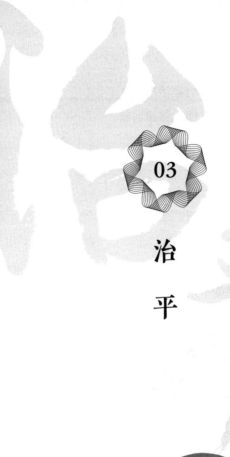

**03**

治
平

万里路行游，仍把治平梦久；

千金宵读写，偶成格律词新。

（君子儒）

须有豪情开万世；

全凭百姓积微功。

（人民史观）

一饭一粥莫不是人民血汗；

所闻所见都无非历史精芜。

（得情有识）

无限江山，有涯人生无限意；

偌长历史，介多悲悯偌长情。

（宏抱素怀）

史册书来凭汗血；

江山绘不用丹青。

（吾土吾民）

眼底山川，定一策巡游，始皇帝也；
尘中版册，召八方朝会，真英雄哉！

（二十四史）


殊方版册来天府；
绝域旌旄振铁钲。

（汉家西域）


但能一善于家国；
应有千秋与旆旌。

（忠烈昭昭）


马革裹尸，烈士都成奢望；
粉身碎骨，忠心必有天昭。

（永垂不朽）


小智多趋末；
孤忠未变初。

（士怀家国）

此头颅只合仰天俯地；
这胸臆唯存忧国忧民。

（志士仁人）

知著见微，苦无良策平天下；
求同存异，贵用慢方起病中。

（治窝烹鲜）

从来祸福因人定；
此际风云藉势成。

（治平有道）

素花辇去，江山无恙存事业；
挽幛观来，史册有情慰平生。

（伟人其颓）

行来要向天高海阔；
到处好教水绿山青。

（江河大治）

千秋无意共长寿；
万世有心开太平。

（志士情怀）


唯愿男儿存志气；
长教中国有精神。

（励士忠风）


随风挂月身家虑；
括古涵今君国忧。

（张大器局）


合昄宇春霖烟疏宕；
好山河韶舞乐悠飏。

（政通人和）


四海兴涛将万里；
一生有梦是千秋。

（匡济之志）

四字糊涂难了却；
万家忧乐又来之。

（怀抱者何）

江山远近都承日；
草木高低各沐风。

（一派祥和）

行行思蜀道；
念念破天荒。

（克难兴创）

故事丝绸争狭路；
新猷山海出重围。

（复兴大略）

入山须敬开山者；
有路当思筑路人。

（感念先行）

交通宜食货；
运命共荣昌。

（一带一路）


岁在庚寅，举世大观，天时光旖旎；
客来沪渎，一城博览，地利气氤氲。

（上海世博）


清秋胸次宜澄廓；
变局棋间欲惕兢。

（十月盛会）


回顾百年犹半至；
预知诸夏必中兴。

（其命维新）


野闲也欲忘忧国；
人老仍思论盖棺。

（伏枥心雄）

多言合谶期无者；
一语兴邦欲有之。

（忠荩于国）

五洋激荡迎头撞；
列国周旋对手逢。

（世界变局）

汗久收，身扛货，楼有高低，路无远近；
活忙做，脚踏车，人无贵贱，世有劳闲。

（快递民工）

何必因一时蹉跎，生出些颓唐态度；
总须为百姓疾苦，做来个慷慨精神。

（志士襟怀）

热血红碑字，襟抱无涯今守土；
新锚铁甲舟，礁沙在处世观音。

（南海卫士）

须将素志迎潮立；
必有长鲸到手擒。

（人民海军）

才张眼目南天近；
要拓心胸万世开。

（海疆远巡）

兴邦好事皆成德；
御寇忠魂已作神。

（抗日先烈）

黑云压顶多无妄；
红雪迎锋自敢撄。

（抗美援朝）

斯人万古真雄魄；
诸夏而今非病夫。

（开国领袖）

能把三千身感切；
许将一世眼开新。

（伟人情怀）

一邦多有义；
百姓尽无忧。

（善治以成）

微行每到多观感；
盛世将临遍迤逦。

（中兴气象）

鼓浪应无限；
兴潮自有期。

（厦门望海）

坐困行穷魂久散；
摧枯拉朽局新开。

（中国革命）

流芳已上凌烟阁；
热泪常抛奠酒台。

（缅怀先烈）


预设添香温酒案；
长思冒雪逆风人。

（致敬英雄）


残存旧壁红标语；
高树新天大纛旗。

（革命遗址）


哀兵东进，大将称神筹有略；
劲旅南征，王师得众惠能文。

（新四军）


必有光明驱鬼蜮；
须将世界立公平。

（斗争精神）

04

立
身

性之所近，虎踞龙飞皆尽分；
心有能安，民胞物与是相欢。

（君子何求）

兴之所到，随心更有天机在；
时至而行，为己自非外处求。

（儒者情怀）

乐忧不在远湖高庙；
轻重有如岱岳鸿毛。

（进退死生）

不行吾道浮沧海；
要唱长歌起大风。

（素志雄怀）

糊涂面目高明境；
饥饿体肤增益怀。

（亦庄亦孟）

应物终须心定；
安身但以天真。

（君子自处）

阅人千个为谁惜；
遇事百般唯自嗟。

（立世都难）

合当天理如神在；
未必人情不上知。

（君子立身）

只向身家三日省；
无教性理半分嫌。

（清心向道）

老之戒得谦多益；
高处思危恕近仁。

（冲平夷易）

寄世春秋速；
发心天地宽。

（修急此生）

幸有安心法，固可内生条贯；
恨无济世方，焉能外去纷纭。

（读书立身）

欲速劳神增万卷；
嫌肥饿体减三餐。

（博学克己）

瞑坐衙堂如道院；
微行市井作青山。

（大隐于心）

不到南天亲海处，能了甚么风度；
莫非盛暑读书人，才有这个精神。

（为学自励）

且做真人率性；
还凭济世仁心。

（修身崇道）

问在天孰事；
思于我何为。

（君子善修）

吾往浑无惧；
名来岂可拘。

（云心月性）

事无这个那个；
心有念兹在兹。

（仁者之怀）

山川气势思高下；
草木生机问暖寒。

（见仁见智）

春风老去得其体；
和气多来还与天。

（顺命乐群）

眼阔行身远；
心平出手宽。

（高识仁怀）

掂量福祸都来共；
摸索天人两与通。

（高士之风）

任于外物随千变；
唯向内心求一安。

（为己之学）

对酒无愁何勉强；
翻书有乐不消停。

（安命修身）

德上须孚千百世；
醉中且觉二三分。

（君子自勉）

莫遗他日恨；
宜闭自家关。

（修身养德）

不因物喜耽安乐；
何为己忧生恚嗔。

（善养自心）

欲逞英雄虽觉老；
思添能耐不嫌迟。

（有志于学）

谁命于天，想必成些善业，了犹未了；
何缘在此，理当做个好人，行所当行。

（此生明白）

人间天上皆行到；
山外寰中尽做来。

（儒道两兼）

师古师今求事妥；
学来学去为心安。

（业儒何哉）

人知不比天知贵；
善忘何如健忘欢。

（浑然自足）

嘿然学做三年鸟；
莞尔思行半部书。

（苟能用我）

立处皆斯土；
仰时唯厥天。

（志在家国）

非到死生节；
谁通义利关。

（天地正气）


生来上智谁知否；
修得中庸奈性何。

（先天后学）


五车三顾实无能；
一石八分空自矜。

（天生我才）


读书神会百千万；
养气精同日月辰。

（自修有得）


龙鳞樱莫伪；
兔角信为真。

（是读书人）

伊自天真好；
何须宠辱惊。

（无名花树）

天纵皆听我；
我行都与天。

（其如予何）

只身独善，凭自修也；
全体同安，仰谁度之。

（怀抱天下）

开卷应多益；
存心欲可型。

（志学向善）

不知不愠谁尴尬；
如切如磋自琢磨。

（君子修为）

层层欢喜登高意；
步步慈悲俯下心。

（七级浮屠）

不怨不尤，不知不愠，优哉游也；
弗流弗住，弗死弗休，贤者乐乎。

（儒释一之）

精神持欲久；
志气养应常。

（道心弥坚）

灵根浅也修新慧；
浩气浑然作善因。

（日增月益）

不惜移山填海力；
要当立地顶天人。

（好自为之）

何必一身两亩三分争多寡；
只须百姓千秋万世计短长。

（器局乃大）

遣文派字，能做来自家天子；
立论建言，可禁得天理万年。

（书生局量）

千金呼酒醉当醉；
一剑替天行可行。

（堪比太白）

五车尚在吾方寸；
八斗任由人计量。

（反求诸己）

发心但愿如天意；
遇事还求合我心。

（立身如是）

顿悟觉群先觉己；

渐修安物始安人。

（正心诚意）

05

境
界

道有一生持守；
心无半点流连。

（儒释贯通）

情当有见将心证；
天自无言任物呈。

（人与道合）

岂有违心事；
果然得道人。

（在在修行）

自但做人做事；
馀皆与命与时。

（德智不二）

为己孜孜不倦，于学；
与人默默无争，对天。

（无非修行）

不藉云烟飘此过；
谁将得失记他些。

（旷达心胸）


随时心地阔；
到处宇天青。

（坤仁乾健）


云中街市天边看；
身外风烟手下抟。

（高处俯瞰）


烹小鲜，多多益善能千乘；
沽美酒，淡淡更佳可一升。

（出处皆宜）


养一腔浩气；
生万古雄心。

（局量不限）

合当再活三千岁；
不止人生五百年。

（万丈豪情）

鼻孔如能无向下；
眼光只管更朝天。

（狂放自肆）

仰天风治颈椎病；
对月星遮眼底花。

（人痴不老）

一来么，谁禁些住；
二去了，哪当得真。

（达者放下）

介微丝儿，来还有迹；
再大坨子，过了无踪。

（须看得破）

道可道，无他甚事；
时不时，与我何干。

（是明白人）

诮我眼花多好雪；
笑人鬓白更童山。

（自嘲者乐）

湖上泛舟听桨；
花间信马由缰。

（自得其乐）

恰思渺渺思将到；
不意苍苍意已临。

（唯静知天）

先将漫笔随高下；
更以清思接迤逦。

（无欲则来）

展开身外地天广；
挣出心头扃锁严。

（旷达自来）

烟云趁势迷心目；
祸福勘因祛昧蒙。

（慧觉自生）

海角天涯随意去；
云头浪尾惯闲看。

（任情于世）

海阔澜兴非必跃，蛟龙潜底；
天高云远也曾飞，凤鸟归林。

（恬淡自适）

何出这般身手；
似因那个盼眸。

（高天明鉴）

一则听天遇境；
二么行运由人。

（无可无不可）

甘醇无足寓；
块垒勿须浇。

（何用乎饮）

依律成诗存老练；
任情寄啸卖疯颠。

（放达近道）

抛开不是脸皮厚；
放下应知架子空。

（达者兼之）

镇日风花迷眼；
一朝觉悟开心。

（谁臻此境）

人筹未及，还劳天算；
心想能成，有待缘来。

（清旷超尘）


一生有我还无我；
三界入之能出之。

（格局乃大）


何求尘事如人意；
但得吾心随遇安。

（自适自足）


一把拨开文字梏；
这回跳出恼烦罗。

（放达不羁）


何将红豆斤斤较；
不把苍生面面知。

（闲情误人）

史无万贯谁私久；
德有百年曾树多。

（谋欲合天）

最难得诚忠耿耿；
偏还能悲悯惺惺。

（君子固然）

因因果果都推确；
是是非非也当真。

（慧通义守）

己人能定，须多学着；
宠辱难惊，再更经些。

（入世皆修）

愿得花开开久久；
祈将春去去迟迟。

（天地祝仁）

多能鄙事皆成己；
一贯天情岂误谁。

（下达上知）

回甘最是清清水；
知味方为默默山。

（茶中仁智）

闻觉经声多妙善；
看回月色带清高。

（静心有道）

清室书香，供我多来得趣；
高天鸿远，知其自往窥机。

（读之观之）

身藏宿慧，眼开高格；
手得古风，心葆童真。

（艺道存天）

仁怀洽则真知并；
善念充而美感俱。

（艺境高妙）

入无差别境；
念有作为人。

（持此一心）

06

禅
意

冷月成先觉；
秋风是老师。

（天象皆禅）


风观移步换；
浪见转头空。

（觉海自渡）


合将爽气呼吸；
待与飞云屈伸。

（海山涵养）


理向无中辨真伪；
事于有上论实空。

（自觉觉他）


尘缘得趣前缘断；
皮相当真实相空。

（惜看不穿）

黄卷缝中寻智慧；

红尘堆里做痴愚。

（两不相妨）


来来未必来，拈花一笑；

去去何曾去，合掌三思。

（慧心斯在）


久矣忘其本；

猝然明此心。

（当下即悟）


声尘有迹任寻道；

杨柳无心漫插春。

（悟得自然）


宏堂闻钹，识无难也，是故须看根器；

静室繙经，脱有易乎，否则何用轮回。

（狗子佛性）

尘缘到处相安，积成习气；
皮相看他不破，变作羁笼。

（即心即佛）


野狐禅恐怕他来成我执；
诸色相随便伊归了自然。

（佛法三昧）


当闻正见求离苦；
须耐清修可致祥。

（绣佛长斋）


天长日晒难消暑；
人老诗修不耐烦。

（持偈夏禅）


思将相与随缘事；
愿得从来自在心。

（无碍智慧）

诵口号自明前识；
具香花不惹陈因。

（实相念佛）


增上缘，那堪知多少；
失中得，莫可道有无。

（如面佛天）


执着心、无明无见；
从来事、何作何成。

（清静寂定）


莫辜负这番经过；
竟耽迷哪次轮回。

（慈心禅那）


非疼则痒；
其患有身。

（初禅梵天）

三生遭遇何将去；
六道轮回谁又来。

（憬然有悟）

来世多逢成道者；
回头还做有缘人。

（开示悟入）

开得出药方引子；
拿来作公案话头。

（一切行禅）

纵有纷思，默将念守；
更无他语，笑把花拈。

（慧然独悟）

观心面壁来回念；
合掌朝天俯仰头。

（禅法机要）

来头不小因缘大；
立脚方深根器宏。

（高僧上人）

发心贝叶香灯道；
升座龙华喜乐禅。

（明旸法师）

为大因缘方到此；
得何果报半由天。

（修行高僧）

万法兴无止；
三生证未休。

（曹溪滴水）

头疼医脚遇高手；
事乱观心听上人。

（佛法得度）

俗知难一卷；

醉觉到三更。

（文字禅）

遭逢人都有些来历；

出入世但求个归趋。

（觉悟方便）

07

感

怀

对湖山默默，无缘无故忽然生泪；
念天地悠悠，有往有来喟尔兴叹。

（怊怅若失）

梅待人知三两月，眼前还无视；
我寻春讯百千枝，冬里竟空忙。

（寒暖花事）

不堪飞絮添纷乱；
欲把垂绦捋顺从。

（春风杨柳）

无古无今，理相疑际；
方生方死，情枉然间。

（悲天悯人）

江月多情歌赤壁；
暮春有感序兰亭。

（古人知我）

含血衔泥，多感堂前燕；
一鳞半爪，可怜云里龙。

（莫名怅怀）


归燕报春谁掠美；
隐龙施雨未知功。

（时来自然）


万事悠悠唯此大；
高天默默又谁私。

（巍巍荡荡）


人心烦智巧；
造物默天机。

（至道冥冥）


缘株而待兔；
羡目以临渊。

（痴如池柳）

听天由命，莫须有也；
博古通今，何所用焉。

（烈士暮怀）

济世安人千古事；
行天落地一场风。

（君子怀抱）

诗中不少闲篇须打理；
史上好多公案且折腾。

（吟读兴感）

观宇宙，行化来长去远；
读春秋，教人持正开新。

（感天明史）

无故心多讼；
何因春乍寒。

（感时伤情）

流云欲寄兴亡味；
飞瀑自倾惆怅杯。

（山居怀古）

信将不老人依旧；
看把当春树返青。

（同天无忧）

应把梅香分素雪；
却将鸿爪对春泥。

（人生感遇）

世俗当中居也久；
天人之际遇何多。

（浮生兴感）

曾了断，都交运宰；
怎安排，还费神猜。

（穷通有命）

通灵处，神来为我开天牖；

解惑时，泪至因他读史书。

（鉴古明心）


忍看野火欺枯草；

默下幽台叹古人。

（感时伤怀）


历历观来应冷眼；

遥遥遁去尚温肠。

（出仕归隐）


晴风花，邈回首；

雨昏昼，杳前尘。

（感旧生情）


远潮远潮，似藉天风藏远啸；

闲坐闲坐，为舒郁气看闲云。

（寄情抒怀）

一笑了之真出息；
自嘲活着大成功。

（浮生达观）


宇宙阴阳终复始；
春秋微妙正而奇。

（观天读史）


动影浮香，气息忆来春几处；
流光逝水，音容记得事何些。

（触景怅然）


胸中意气但能去；
天下湖山皆可居。

（隐无不宜）


独处诸欢并至；
一诚万法都来。

（自适无他）

有身如缧绁；
无梦近云星。

（世网何出）


当年故事，犹然真切；
此刻心情，竟尔模糊。

（物是人非）


算算秋月，变千番弦上弦下；
看看平湖，有万个人来人回。

（惘然修短）


随他苦雨池添满；
好自忧怀心放空。

（怅愁天人）


壮心一段何堪记；
悖论双重未必知。

（身世多叹）

眼花少与时惊诧；
人老多经世迭更。

（成熟年纪）

感气心头热；
生风月上明。

（夏夜有怀）

故国千年多意会；
诗人一半是神游。

（所思所到）

风无萧瑟人萧瑟；
夜到杳茫思杳茫。

（苦情深怀）

重生缱绻前番月；
偶起涟漪哪只虫？

（荷塘幽思）

谁解春风催泪涌；
每逢胜景动心哀。

（触情缅怀）

无名意绪因春老；
莫辨心踪迹梦迟。

（忆里江南）

峰路转回疑勿久；
涧溪流向果能前。

（思循自然）

长夜共千殊；
大寰还一如。

（仰观兴叹）

无奈人心多境转；
有情天道或珠还。

（得失觉悟）

能生能死重来叶；
当去当留尽付风。

（秋禅思静）


思静知风至；
忧深恐浪翻。

（观天虑台）


桂气袭人初适意；
浮云锁岭渐迷途。

（秋山触怀）


望气丝丝知意远；
登山朵朵看云低。

（默会高瞻）


去去来来归去隐；
先先后后抢先开。

（花事感人）

感物多因老泪；
误人终为长情。

（郁怀何解）

春去风尘收落瓣；
夜来浩渺过流星。

（每每伤逝）

过客往来曾照影；
晴川上下有回声。

（逝者如斯）

有长情在此；
如旧影从前。

（人老多感）

海天好在观星斗；
远近难于忘乐忧。

（去留孤怀）

事虽成，看着良心太少；
书也厚，观之废话颇多。

（不免感慨）

手痒每因春可画；
心疼还为世堪怜。

（入怀尤多）

活着拿世界麻烦着；
学些把人生将就些。

（退一步思）

08

诗
心

心里观他万事，比兴而赋；
花间闲个一人，雅颂有风。

（诗来就我）

点点星来梦里；
丝丝风往天边。

（诗情自至）

廓宇舒云，浩气常来眼底；
朗风弄水，微波偶触心头。

（诗里情怀）

老来尚有慷慨气；
梦中颇作悖狂诗。

（率性人哉）

夜来老眼流星雨；
诗在秋花落瓣笺。

（风咏感天）

百善吟来流水对；
一悲唱出大风歌。

（诗有别才）

梦里灵光，相接应知意趣；
樽前劲气，一来果觉精神。

（诗酒风流）

晴晴雨雨节时，云上更思窈窈；
岁岁年年杨柳，诗中只说依依。

（此情此景）

万类风情，百般人物，漫由画笔差强意尔；
千年怀想，一样怊惆，姑藉词人模糊言之。

（诗无达志）

仰承天禄，解忧忧去，人都成欢伯；
倾引流霞，催乐乐来，伊真是诗钩。

（杯酒何多）

聊赊壁月，能对光明书案；
长借棂风，好来清白人心。

（芸窗诗意）

总是忙来，眼耳身心口；
偶然闲着，风花雪月诗。

（红尘有寄）

心情好在堪回首；
经历偏多可入诗。

（歌吟笑呼）

情至心头撞鼓；
思来笔底推潮。

（诗文得气）

读过新词，不意身心仍有触；
牵还旧爱，应知前后乃成篇。

（诗情萦怀）

欲画其形须得意；
难言之理偶成章。

（诗心描摹）


春在花江月夜；
梦临诗国风天。

（孤篇压卷）


诗多因酒浅；
人老故情长。

（半醉半醒）


酣将太白镜中呼，轮流倾倒；
醒把璇玑天上指，彼此认真。

（酒醉酒解）


兴至千篇还少算；
诗来一斗未多沾。

（醉狂过李）

拙诗必寿九千岁；
生趣且狂三万天。

（青莲似我）

万载回头停一瞬；
百篇到底费千言。

（诗难尽怀）

欲随工部留诗史；
好为苍生作史诗。

（吾言吾志）

面上春秋浑可忘；
诗中爱恨不能删。

（人老情长）

蝶蜂与驻疑前梦；
纸笔相留认宿知。

（慧心有在）

腹中书卷生华气；
掌上乾坤入妙神。

（天纵之才）


天地人须精气贯；
诗书画在性情中。

（得其妙谛）


联句只因分韵好；
和诗乃敢近花香。

（乘兴咏春）


吟来春意皆由我；
描得花香好动人。

（亦诗亦画）


寻诗风里醉；
追影月中眠。

（太白再世）

诗须无意得；
得意无须诗。

（闲心苦情）

来根底下三生感；
过眼心中万象诗。

（兴观群怨）

浊酒相知浇逝水；
清江只认作诗人。

（郁孤台上）

将成落拓无羁句；
总在飘风急雨时。

（诗何来哉）

烟花一片诗无尽；
水木五行画不全。

（江南春意）

小道成名才七步；
多情入世已三生。

（诗曾相识）


须有风流来笔下；
欲多识见上天中。

（飞行感诗）


学成能入端明殿；
吟得好为云锦章。

（文质彬彬）


花光有影留心处；
天籁无声入耳时。

（诗来神接）


山河局面裁量手；
岁月文章计较心。

（诗可以观）

已得风流还着字；
要将今古各成章。

（事雅心雄）

野有闲人馀岁短；
身无长物剩诗多。

（此中堪隐）

行云渲画天风至；
飞鸟传音上意来。

（自得真趣）

胸中含蓄随人解；
笔底精神自古来。

（诗心可诘）

09

道
理

白马非马，更对白云苍狗；
此时何时，还分飞矢濠鱼。

（且思且辨）


难得匹夫匹妇皆顺心曰可；
合当于理于情多措手为宜。

（君子入世）


世事何能都允正；
人心欲使尽公平。

（揆理度情）


热山须冷到；
快意且徐行。

（登临有道）


心肠小尺度；
天地大壶觥。

（难得糊涂）

又作小儿辩日；
莫非竖子争雄。

（世纷难明）


前思后想假真别；
北辙南辕左右同。

（理至易了）


事固难明于目下；
忧何能尽此怀中。

（没理会处）


当然岁月，如时光静好；
竟是春秋，有意旨宏微。

（切理餍心）


知物先知我；
对书如对天。

（寓理帅气）

登临山海际；
观览迩遐时。

（怡然理顺）

缘事求真情近理；
与人为善异皆同。

（此心向道）

还生情处心当住；
须放手时言可休。

（理纷解结）

事终究无非身外；
心如何都在理中。

（风恬月朗）

循果访因真伪事；
插花种柳有无心。

（格物致理）

书里冤家都路窄；

虑中难处一拳开。

（学问无他）


宇宙音声非叵测；

胸襟气象自能量。

（入理切情）


无向苍茫问；

多从自己疑。

（穷理尽微）


渺渺思能到；

苍苍意已明。

（问天自知）


大化都无尽处；

谛观各有穷涯。

（理所当然）

去去都归非必处；
来来多在偶然时。

（人天和解）

邯郸勿学一尊步；
罗马应通异路车。

（自主皆达）

眠安醒更早；
夜黑见愈澄。

（拂晓悟道）

富贵人之欲；
和谐道所存。

（知世得情）

感时来去异；
视物有无同。

（弥差别心）

大公微小见；
至道永恒听。

（肌擘理分）


得情方是道；
入画莫非春。

（允理惬情）


思中久欲弭遏迩；
笔下都来化是非。

（大道笼统）


体道循根本；
观风慕舜尧。

（怀古崇高）


常无知命算；
算命知无常。

（顺天近道）

兴亡观宿命，可叹可作千秋谶；
气象证雄词，难改难为一字师。

（大观楼联）

孤悬海宇徒筹策；
老去精神待盖棺。

（英国宿命）

新知密云方待雨；
老话往事未如烟。

（学史增识）

道理千条无执着；
灵明一点要持将。

（正觉顿悟）

偌大天，有所知的多敬畏；
介小我，没啥事儿少折腾。

（崇道去私）

老天爷忍我们很久；
小把戏耍些子就行。

（须存敬畏）

可加可减多多少；
当破当持是是非。

（理无专在）

每向思中括宇宙；
不唯灯下读春秋。

（士须弘毅）

道

理

10

人

生

海宇何其阔；
人间一太匆。

（生而有憾）


天地暂为客；
春秋不等人。

（岁月弥珍）


浮沉都有顽童趣；
出处全无老大忧。

（筌蹄一悟）


存神初性近；
接物世缘分。

（人生一场）


天地不仁，任生同草芥；
慈悲有爱，向死共风尘。

（世人皆苦）

仲夏多生遮眼树；
中年各误赏花心。

（不蔓不枝）


前头再上蜿蜒磴；
回首曾来曲折溪。

（人生在途）


百感交来中岁集；
残芳偶向晚春赊。

（心平气和）


星岁重逢新甲子；
人生又到再青春。

（六十盛年）


伏枥应安老骥；
驰心犹在苍原。

（伯乐其谁）

桃容恰衬颜衰貌；
梨雪专飘鬓白簪。

（春光笑我）


一派童心经岁月；
两头活水做源流。

（天真不老）


惜蜉生、得之如失也；
叹蜩客、来者将去焉。

（春秋匆匆）


或向当年加故事；
不因老岁悔平生。

（忆漶情真）


不为修成何种果；
也曾识得几回缘。

（人生一世）

应由念善，好多生妙境；

倘藉情真，不虚度流年。

（人世皆修）


想必成些佳事去；

思须做个好人来。

（只此一生）


花秋少，虫噤声，一季亲知皆老去；

日夕偏，人不语，三生记忆似重来。

（岁晚伤逝）


诗酒颓年日散；

血亲老岁星稀。

（人生感怀）


幸也功成报至；

惜哉事毕身归。

（斯人可叹）

添一次堪怜多苦世；

遗何些可憾有情天。

（今生为人）

一夕悄然离世；

三年倏尔回眸。

（追忆逝者）

皓首以穷经，真乃书生一介；

盖棺而定论，诚哉国士千秋。

（敬挽先师）

新登岁祭，七月半河灯，放之追远；

吉果秋尝，盂兰盆斋供，解其倒悬。

（中元悼亡）

悲欢梦里欲寻其迹；

离合果中思究所因。

（生生死死）

死生两下茫然，别处松冈今夜；
乌兔一飞倏尔，此时灯月中元。

（七月又半）

总有春风生意外；
才将秋气锁眉间。

（人生浮沉）

好景如风，习以成常日日；
欢时似水，迫然已老年年。

（平生岁月）

念里何些乐事；
忆中那个童年。

（怀旧温情）

来应未觉，去应未觉，常如百岁平常日子；
风天偌些，情天偌些，别是一番特别人生。

（行走世间）

缘所尽，何所悔；
人之初，未之知。

（浮生回首）

行年到此忘新祷；
转景添些叹老嗟。

（岁暮情长）

天真若在此身在；
人老不狂何岁狂。

（壮心暮年）

悟得境随时转矣；
修成人与命安焉。

（一生所成）

犹豫东西向；
逡巡前后方。

（人生在途）

迟逢遭遇际；
际遇遭逢迟。

（命也时也）


但见上头黄叶落；
何妨下面老根生。

（人如秋树）


死后都幽默；
生前半昧蒙。

（一世做人）


一生便算一千月；
百岁才经百万时。

（珍惜光阴）


纵多百二加增寿；
未尽三千烦恼丝。

（人生勉哉）

丘壑纵横难涉路；
风雷傥荡不羁云。

（壮丽人生）


有道崎岖更不止；
无端坎坷且多经。

（人在旅途）


盘旋多忐忑；
上下两苍茫。

（如行山路）


山应情老寂；
人欲步安徐。

（此生如登）


万物本源太一；
半生经历大千。

（人在世间）

思天道总来安慰；
愿人生时有惊奇。

（活出意思）


只要不恶，且宽容人己俗趣；
倘能无妨，尽解放性情生机。

（活个明白）


想千百年后能存者；
寻一二处中与乐之。

（通透人生）

11

处

世

无用好随散淡；
有为须做均匀。

（君子出处）

百般心力应都妄；
万古天机只一真。

（知人论世）

做得人情；
付于天理。

（与世有道）

且以平常心接物；
唯凭忠恕念徕人。

（君子自处）

得意能安物；
扪心在合天。

（人之于世）

恐非旧病来寻我；
怕是庸人自扰之。

（何莫从容）


天道自鸿鸾高远；
人言则凫乙参差。

（浮议听之）


自生神气揣胸底；
何惧妖风扑面前。

（贵在持守）


不能庄，胡言酒后；
弗知敬，鬼话神前。

（辨奸识佞）


已尽良心点顽石；
再无好气对闲风。

（毋须多言）

面谀多诈，座中听讲常惊诧；
巷议非虚，纸上留痕半矫夸。

（古今真话）

看花莫把春心折；
入世无将俗气缠。

（立身二要）

参理持中言有中；
接人尊长道应长。

（谦谦君子）

都来际双双措手何及；
一用时个个扪心可安？

（经世之问）

执鞭策驾何来，莫为高人一尺；
信马由缰焉往，须当纵骑千关。

（六艺学御）

抱负初心思有济；
行藏素志省无亏。

（仁者能仁）


人在江湖走；
世如风雨兼。

（行无所惧）


宇宙观书思窈冥；
江湖行脚眼清明。

（学而知之）


宜向春秋寻说法；
莫随黑白枉言辞。

（君子畏天）


白头须有平头乐；
低处何如高处难。

（遇境明智）

顾之左右言他者；
扪此中心欲利人。

（仁不善辞）

紫绶峨冠随便著；
真才实学与时行。

（出则君子）

期以清名行到底；
忍将俗套著来身。

（和光同尘）

日影微移昏向晚；
人情多变暗随风。

（世态其然）

门喜能罗鸟雀；
杞忧自出心肝。

（处静思忠）

过差宜阔略；
兴作勿频繁。

（居上宽简）


关山历历平平视；
丘壑重重款款行。

（通达坚韧）


但愿人情多稳便；
不图我事少熬煎。

（克己利群）


得失都从天下宏论；
悲欢尽是人间微观。

（社稷苍生）


多才或可称心手；
善作幸能歌袴襦。

（学优而仕）

欲使凌波步；
无教染地尘。

（心净身轻）

驿角山川未之舍；
锥芒天地不能藏。

（果真人才）

反身学也求诸己；
措手施之利及人。

（君子行世）

入世能教尘事简；
容人为使自心宽。

（平易逊顺）

世上多忙，为甚熙熙攘攘；
心中无事，自然逸逸安安。

（简要清通）

莫嫌纸上得来浅；
要怪俗中入之深。

（笃学高行）


既难看破，何须说被；
尚未自知，不必人知。

（反求诸己）


唯有志者能开新局面；
是无私人必作好风评。

（士之处世）


学富五车，所贵与时俱化；
才高八斗，须能向外无争。

（君子勉之）

12

生

活

负暄纵目长知乐；
秉烛塞聪应会神。

（怡然向学）


年来差事多劳碌；
老去身心幸寿康。

（浮生知足）


岂为功名皆攘往；
不存心事自熙来。

（知足者乐）


设榻畅和风少乱；
隔墙熙攘世多忙。

（园静神安）


难得凡人增智慧；
能将俗事做风流。

（活出生趣）

有闲庭坐新花对；
得趣茶烹小火升。

（禅意生活）

野火天然烧烤味；
肥羊自有嫩鲜香。

（串肉嘉筵）

随云日子天边落；
扑蝶猫儿草上飞。

（心与春驻）

养志回甘苦；
怡神转浊清。

（何莫饮茶）

自斟自爱涤烦子；
分享分欢不夜侯。

（茶亦有道）

丽日流光下；
清杯待月中。

（天色宜醺）


唯知解渴能消暑；
不想贪杯也上头。

（啤酒节庆）


一刻金宵唯梦对；
三杯醉眼与天盟。

（夜饮多欢）


岁寒先具酒；
心暖且当春。

（能饮一杯无）


合律谭今古；
忘形过夕朝。

（唯诗唯酒）

七尺唯三寸；
千年尽一盅。

（酒肉养生）

情生日月风云岁；
恩养东西南北瓜。

（天顺土宜）

夜久星都尽，才贪床一瞬；
晨新梦未完，不觉日三竿。

（好眠亦醒）

闲人忙事皆应去；
老喘微吟半可存。

（平居有诗）

杂事难知趣；
忙人不种花。

（繁芜中年）

晓枕追前梦；
晨窗入半暾。

（或眠或起）


垂柳亲鱼来一跃；
欢虫噪月到三更。

（暑眠难成）


窗对泉园听水去；
神驰山野戴花回。

（书斋遐思）


续香花气怡清室；
带酒春风响古书。

（以乐其志）


书积八千册；
心悬三两头。

（且读且静）

情痴以瘦韦三绝；
义胜而肥心一清。

（读书生涯）

剩些阅后好情绪；
留个梦中真想头。

（书香伴我）

对月三旬弦自改；
拥书一室眼常新。

（人生有乐）

何妨熟地多番到；
又结善缘新个来。

（对书如之）

读书窃喜春犹驻；
卜宅贪欢德不孤。

（居处择善）

四部多观廿五史；
百年略注十三经。

（饱读自励）

二千巾册来还去；
九万里程行不停。

（多闻广识）

旧迹知来犹缱绻；
前航计到且糊涂。

（飞天有悟）

将昏日色观仍好；
未老眠情觉已迟。

（秋兴愈浓）

秋老偏寻新落叶；
梦多但记旧沉思。

（岁晚情深）

多烦常与五行转；
无故还添一岁来。

（老怕过年）

拍马称呼公子某；
吹牛答应老夫名。

（半百自娱）

都扰扰时行不止；
各归归处异还同。

（知去纷杂）

不值春秋皆应卯；
将凭天地是同庚。

（做有益事）

落地红尘生散木；
朝天青眼看闲云。

（无用有情）

一旦有心成病客；
万般无赖是扬州。

（浮生流连）

托生为续寻常日；
转世仍摇中上签。

（好命做人）

吃去八分真气力；
值回一点好心情。

（生活不易）

听天光景闲闲过；
任我神思窈窈兴。

（浮生增慧）

昔学诗书今学易；
壮思经济老思禅。

（平生未闲）

世纷慧定醺风驻；
时滞瓶倾活水来。

（斟得其乐）

医生嘱之，人老不怕小儿多动症；
李白说了，诗佳莫如饮者好留名。

（酒客高论）

何不人来疯作怪；
好将刻下悟成仙。

（少矜老狂）

但得诗中经岁月；
何须天上做神仙。

（行吟生涯）

有灯还看一窗月；
无欲自忙两壁书。

（是谓良宵）

自惭力薄少行善；
天赐寿长多读书。

（未负生活）


慧来无个山应驻；
瞑着有些书可亲。

（读悟境界）

13

齐家

虽欲男儿多劲气；
也知君子淡浮云。

（耕读家训）

愿有儿郎承绝学；
祈开局面看新人。

（乃继乃兴）

空有好心多误事；
倘无静气少成功。

（自安安物）

岁月每疑何遽；
人天无憾最难。

（惜时崇善）

应为世上做功多者；
不怕人中享福少些。

（一博一约）

见事应开真智慧；
做人勿要小聪明。

（诲儿持重）

损友益友皆有；
得之失之须知。

（交游重德）

有见不妨从众里；
得心倒要去书中。

（和光养慧）

先忧后乐天生就；
上达下知人学来。

（涵性重习）

心术可有不可少坏；
天机能窥未能尽知。

（仁智诲儿）

想从来作得了人家父子；

推根底凭些个前后因缘。

（感恩知义）


儿欢同指一轮月；

人老相看几颗星。

（团圆谢天）


墨痕朱迹观遗爱；

堂号宗风启后人。

（书香承志）


天封佛塔临湖月；

海曙人家近性楼。

（鄞州林宅）


气通天封塔，甲邸七楹重进，云霞簪笏；

座对日月湖，世家三代连科，兰桂庭除。

（明州林宅）

避兵南宋，卜地明山，千年后续桃源家乘；
绳祖青州，结庐越海，几世来添宿学诗香。

（宁波林氏）

澹吾公府，颇雅有花厅别筑，诗通音律；
衍庆宗支，各善资旱舸水车，勤忘朝晡。

（林宅旧业）

行善存声，世间数百年旧家全凭积德；
遗风荫子，天下第一件好事还是读书。

（慎终追远）

敦风三代不能少；
遗爱百年犹更真。

（绳祖兴家）

虽无计长共朝夕；
必有缘世为弟兄。

（阖门悌睦）

暗下念能形诸世，当施行也；
朝中言可白于家，则立论之。

（出处宜焉）

风和先到书中驻；
春早自来堂上宣。

（诗礼簪缨）

行而无远弗届；
学则有恒必成。

（教子以方）

儿孙不可气骄，祖母曾将铭座右；
子弟须当骨傲，老夫今以训庭中。

（家教诲儿）

感念先人能裕后；
欣知晚辈可光前。

（积善余庆）

功成多后庆；
福报有前因。

（世德不虚）


重来事所当行事，无非尽孝；
又见人中可爱人，莫不娱亲。

（儿燕归巢）


灯明花放真荣景；
乐响言欢正吉辰。

（家门多庆）


吉事良辰《端正好》；
新词雅乐《贺新郎》。

（宜室宜家）


欢情必要频添酒；
圆桌还能多坐人。

（宴亲祝福）

姑表亲缘难彼此；
海天离合共婵娟。

（至戚连心）

爷娘冢上焚香祷；
椒柏芽头吐绿知。

（清明祭祀）

旧俗人云将替；
初心或谓不亡。

（敬天法祖）

14

雅
事

天地亲师友，五伦何者不相重；
风花雪月酒，一事有之已得欢。

（端庄雅逸）

信笔写来多好字；
任情行去每春风。

（芳翰如神）

横辄正平，竖而中直，立做世型规矩；
撇之轻放，捺以沉舒，写成人字楷模。

（搦管云章）

篆意浑融，内外方圆，气象自然行我；
隶风老辣，柳颜骨肉，形神率尔得心。

（法书四体）

虚画风光，把精气现于程式；
实妆人物，将管弦合到声情。

（梨园妙道）

舟中昆曲，何园惊梦，直听剩得桨声欸乃；
湖上苏弹，哪句饶人，相看都成夜色阑珊。

（可比闻韶）


铁板红牙，今者何曾见此；
晓风残月，古来一直是他。

（柳苏词曲）


锦瑟逢嘉会；
鸾弦绕画梁。

（音乐曼妙）


要会心来终曲处；
合当歌至忘情时。

（天音风咏）


血脉共潮来，足舞手挥，必有成歌者；
鸣叹随风去，平生往事，岂都能说之。

（讴咏化人）

七孔八千年骨笛；
五声十二律丝弦。

（古乐天风）


两楹文字存高古；
一室精神透爽清。

（妙联见品）


思学渐深渊薮；
行知不辍弦歌。

（学府胜境）


夕阳每照漕溪鹭影；
静月时闻上序书声。

（黉学光景）


桂雨分香，红楼隐翠；
桐花满路，黉舍涵光。

（上师风范）

湾海潮云，翔鸥宣晓；
明堂泮月，夒圃耕春。

（斯文在处）


师道仰瞻，苍官迎日；
鹅湖朗照，青士临风。

（校园韵致）


偶入黉门，花溪未老，浴乎风乎洙泗；
漫巡学府，夒圃犹新，瞻也拜也鲁邹。

（百年书院）


思到花前座；
期来月下风。

（闲雅佳处）


祈将琅苑门开着；
愿有花神我遇之。

（春意好生）

方闻芍药深回味；
不识蔷薇急问名。

（赏花心情）

秋冬须摩得江南冷艳；
春夏始吟成天外清高。

（诗画臻境）

翰墨分香诗上认；
丹青尽意画中寻。

（妙笔生花）

何日无花能有画；
今朝有酒岂无诗。

（风流雅尚）

半梦全神相把握；
无声有色可观听。

（奇诗妙画）

认真活着成风格；
率性写来忘古今。

（丹青高人）


案上夕朝皆旧帖；
毫端汗血一深缸。

（笔墨春秋）


花将春暮颜稍淡；
茶近书前味更醲。

（耐读皆然）


星稀却有人依月；
客去还将酒对书。

（长伴良夜）


落几笔樽前可想；
唱数行字里能藏。

（酒虎诗龙）

有酒须邀饮；
来诗好对嗟。

（衔觞而赋）


浮蚁微醺最好；
清泉半饱尤佳。

（一酒一茶）


兴来当尽欢，勿论为壶为觥为爵，浮一大白；
时至须能见，要思立德立功立言，有三者何？

（酒铭如斯）


无中生有处；
相外得神时。

（艺术真谛）

**15**

爱
情

寻个没来由爱我，托付今生便是了；

认些有缘分合天，安顿此心总才能。

（歌诉衷情）

英雄尽管多行着；

儿女还能稍念些。

（相爱生怨）

婀娜风攀柳；

缱绻泪湿巾。

（爱情模样）

肠断更谁惜；

惜谁更断肠。

（苦恋幽怀）

念虑随时生呓语；

形容对面作欢声。

（思如人来）

漫行春日摩肩柳；
环顾群芳入眼桃。

（心有所爱）


莫怪他神形失态；
只因伊品貌多娇。

（一见钟情）


亲波脉络钩双月；
抱宇光华明一人。

（湖上相思）


人言漫答，人前说话；
心曲忽听，心上吟呻。

（暗恋恍惚）


花事乱分时程，斑斑颜色，无处不是念念；
春情难理头绪，缕缕香氛，此中有个人人。

（初恋心思）

情生处，还深于壮海，思来何昧昧；
心动时，自低到微尘，知者果真真。

（恋爱中人）

患得患失，两头烧脑；
乍喜乍忧，一样销魂。

（初恋情绪）

流星盼也，恍惚画中人物；
佩玉倩兮，玎琅天上音声。

（神仙眷恋）

落寞魂依月；
飘零身泛舟。

（孤心苦情）

往事都成千古恨；
今生只为一人欢。

（念念专情）

万般苦，不邀共守；
半生缘，未解相思。

（忍情爱河）


失意终无我；
多情最是卿。

（化蝶之殇）


忐忑算流年，运至非知命；
忧忡排八字，缘来自合情。

（钟意订庚）


莺过哪堪一声嘤，想是闻惊旧梦；
蜓飞何欲几回止，莫非寻续前盟。

（感春伤逝）


春后秋前事；
梦中画里人。

（念念相思）

把花催促又摧折，春雨莫非生妒；
似这头痛加心疼，伊人还是多情。

（涟涟烦恼）

风头茎挺，竞展莲花，弗误好多朝夕；
浪底根缠，悄生芰藕，更添不少恩情。

（荷塘诉恋）

看风天真蕴，果然潮生壮阔，荡开情苦；
得云日亲知，正好沙聚温柔，焐起心寒。

（海边思绪）

梦中看过泪涟涟，爱要超乎生死；
戏里写来思怅怅，谁能脱得时空。

（牡丹亭记）

正是江南春色，处处爽风丽照；
好将才子妙人，双双电眼晴眸。

（恋爱时节）

青眼一人，窈寐里、无非梦影；
好风十里，雨晴间、都是春光。

（入景生情）


秀外玲珑智；
慧中剔透心。

（佳人如斯）


欲止欲言，掩笑遮阳打扇子；
且行且坐，指花扑蝶赶蜂儿。

（豆蔻芳心）


三生其遇，一些未晓；
两下相亲，百样无忧。

（情不知起）


君似神来应莫走；
我因梦去更难眠。

（寤寐相思）

喜剧排些颠倒趣；
情人记得海山盟。

（有爱多欢）

笑如莺啭风铃响；
动若鸿惊云絮飞。

（倾城佳人）

花树随生，自必添来拦路景；
雨风乘兴，任将勾出恼人情。

（真恋爱时）

纷纷啼鸟无声，害了相思病；
扰扰春光多晕，看来半醒人。

（莫不兴感）

好梦如成春可去；
长情总在月能还。

（恋爱中人）

美人赠我金刀意；
义气薄天赤子心。

（爱情激励）


阳秋未老，年时到此风光好；
素月还新，经历铭心眷恋深。

（长情确在）


残春应剩寻何地；
夙愿得偿谢此天。

（初心犹感）


总有奇缘经邂逅；
却无好梦续缠绵。

（有情多憾）


春履行花下；
寒衾辗泪中。

（闺中日月）

蓝颜知己知愁甚；
红袖添香添乱伊。

（欢喜冤家）

一笑倾三世；
千年合两心。

（顾盼生情）

流盼专睛后话；
回眸续梦前缘。

（一往情深）

应知须莞尔；
唯忆是嫣然。

（一笑定情）

醒里梦中都是你；
人间天上只因卿。

（爱情体会）

思将寤寐一心守；
祈与舟车万里行。

（念念同在）

几缕微云几处影；
半轮明月半天霜。

（情苦相思）

心伤死不恨；
恨不死伤心。

（相爱至极）

总有情生微妙雨；
却无梦驻往来风。

（一味禅诗）

**16**

情
谊

怀恩知我久；
抱恨遇君迟。

（情同管鲍）


共处无分谁榜样；
相知各自有鸿猷。

（良师益友）


晨夕颇谈方外事；
江湖相忘曲终人。

（故友旧情）


义在书中常愤悱；
情当别后总丁宁。

（友道珍惜）


子立无长足；
嘤鸣有短诗。

（遗世知音）

雄豪气必人中贵；
见识儒为席上珍。

（酬筵才具）


见似三秋睽阔；
思如万里关山。

（小别重逢）


今日先须一醉；
此杯姑作重欢。

（自斟念友）


三朝偕与二三子；
四府兼行十四州。

（同道游学）


缘如风雨梦回处；
义在云天心到时。

（遥念远人）

相忘过去江湖事；
对笑归来斑白头。

（故人久别）

俗到用时方恨少；
雅逢知者已嫌多。

（友道高风）

共饮独斟勿论，有醇且醉；
待人自奉皆然，无辣不欢。

（湘友可交）

处事有容乃大；
与人唯澹方长。

（交游须知）

交浅言深因醉误；
辕南辙北竟谈多。

（泛泛何益）

糊涂难得行由我；
明澈还须说与他。

（忠恕待人）


无寐观书灯可伴；
有缘作客酒多斟。

（慎独乐群）


世道无求花朵朵；
友声可得鸟嘤嘤。

（志同义合）


花开花落时皆好；
春去春归世但安。

（老念故人）


匆匆岁月，难来共处；
各各悲欢，不得相通。

（感时念友）

天籁共情情出我；
人心相信信由衷。

（仁者能亲）

相投气息堪沉浸；
共好时光是切磋。

（良朋益友）

好风好景正好长设一席以存岁久；
妙处妙人最妙浑忘几杯却记情深。

（诗朋酒侣）

此间乐，心上些些无住；
万古愁，杯中次次多添。

（叙谊畅怀）

七八个人再邀明月；
二三壶酒更得好诗。

（契友清流）

与花相对沾嘉气；
有德为邻聚好风。

（交游必择）


若似当年来必谈学问；
好如今日聚常计觥筹。

（老友相讥）


要恕责人何太急；
反思律己有多难。

（友道从宽）


书好春宵短；
情真世味长。

（深谊耐读）

# 17

人
物

百物生焉唯默尔；
一身到此是当然。

（馨祀神农）

但知文字妙；
愈觉鬼神惊。

（仓颉配天）

万古根心君子看；
当时原委圣人知。

（大哉仲尼）

虽曰难申，史上封神，诗人何寄；
其犹未悔，江中作鬼，仁者谁回。

（汨罗屈子）

游吟且醉，死后清江浇块垒；
见证难明，生前素志写离骚。

（屈氏灵均）

曾作苦心孤诣；
都如逝水长流。

（天问者谁）


接人须忍韩侯忿；
临井犹怀漂母恩。

（淮阴足式）


能与同情其遇；
便当怀愧斯人。

（史迁可敬）


万里帷筹至；
三军捷报回。

（汉武开边）


江平非不语；
情动始能吟。

（曹娥孝碑）

大略一身孤独意；
雄才几处假真坟。

（高人孟德）

因诗成案或从君始；
对酒当歌知向谁边。

（惜苏叹曹）

纵火烧舻，江月周郎曾照；
临风傲雪，扁舟苏子又来。

（东坡赤壁）

通神多吃墨；
入木为依缸。

（琅琊献之）

彬文质，望侯郎万户轻封，思陈香暖；
玉树风，惹女子一身径许，愿拂尘红。

（李靖奇遇）

万世功名还一哭；

半生书剑赎三餐。

（吊慰李白）


蹭蹬一途多得趣；

蹉跎半世少生闲。

（子瞻可风）


彼辈含沙皆射影；

唯公过海不瞒天。

（人中苏子）


天怜伊美好娇羞，修几辈子方为般配；

卿看我风流倜傥，装一肚皮不合时宜。

（朝云东坡）


东坡老泪残衣袖；

南海朝云萦渡头。

（苏王情天）

似有思人来梦海；
又多谪地醒儋州。

（苏公可悯）


儿女英雄，毕竟情长气短；
风流放达，如何欢少悲多。

（万古一苏）


手植书香增地气；
袖挥云色破天荒。

（儋涯有公）


惠州湖岸伤心柳；
儋海天涯折翅鸥。

（六如如在）


吹角连营长短句；
挥戈催马仄平词。

（稼轩爽利）

苏子庄谐，柳郎缱绻；
稼轩长短，白石悲欢。

（两宋词人）

宋亡有宰相二人，痛史铭双杰；
国破见忠臣一死，诚衷感九苍。

（千秋文陆）

哀其殉国，引刀文相烈；
吊此崖山，蹈海陆公慷。

（天祥秀夫）

五柳读书，妙在不求甚解；
龙场悟道，本于自有良知。

（渊明阳明）

浪掷千金裘换酒，诗仙明月；
任埋万里铧随身，霞客青山。

（李徐壮游）

行健为雄爻旨大；
太平有象象辞安。

（李文贞公）


胸中有未了之事；
天下无如此大才。

（左文襄公）


载道公车书可毁；
饮冰热血气难凉。

（大哉任公）


风标五四谁兴起；
学问三千自主张。

（士气元培）


今温史事真知义者；
吾往燕园默吊贤人。

（西迁诸子）

能有斯篇多与世；
应无苛责苦其衷。

（三松堂主）


大河归海同千祀；
双桨生情各一边。

（词家乔羽）


因陈出新，卓尔立派，究推音乐遗文，年
虽耄耋而重光唐韵宋风，伟哉大师，能继
绝传，斯德斯功俱堪称国宝；
应时生化，斐然成章，演绎敦煌古谱，曲
故拨弹以追拟金鸣玉振，幸也后学，得闻
寂响，或非或是皆已作先声。

（敬陈应时）


古今通论思能济；
学问国师恨未勖。

（挽王家范）

立发横髭同鲁迅；
腾烟对酒胜刘伶。

（先师汤公）

思辨睛光常炯炯；
讲谈辞气每訚訚。

（恩师宋公）

诵得性灵佳句近；
知其倥偬盛名迟。

（诗人刘公）

黉府生涯经与济；
桐城文脉气兼身。

（学者王公）

羡为曲水分觞者；
猜是兰亭转世人。

（书家王公）

桐国兼才通食货；
鹅池有水洗天真。

（书家王公）

18

景

致

人爱湖光，良宵恨短；
天怜星梦，今夜愿长。

（明月入怀）

风驻风行，午后一场欢会；
云来云去，山头两处明晴。

（雨霁时然）

自在开来，遇凉前桂气；
逍遥归去，留热后莲蓬。

（晚荷临秋）

晖余野际，远鸿悄与霞飞成队；
日尽天涯，新月暗中丝绾如钩。

（夕山佳色）

忆中一片风云海；
眼底几重烟雨山。

（岱岚入画）

迎潮入目，听风轮鼓宕，好一吹矜肃；
踏浪偎沙，喜水吻来回，似遍抚柔和。

（青岛海滨）


微虫鸣啭，常如花叹，懂了非凭言语；
老树吟哦，偶藉风听，知之或在云天。

（万籁都来）


水静微纹，耳畔金蝉在树；
月停凉影，窗前岚雨候风。

（湖山佳致）


云是山蒸气；
风来水发声。

（江上岭岚）


晚潮悄至如期，微漩千缠，便把沫濡鱼响；
心念忽来不意，灵犀一点，还将水暖沙平。

（海天微妙）

风过氤氲，门户生青春气息；
夕来渺莽，江天染浩大精神。

（家在水滨）


峡抱双肩，此碧水为江湖旧识；
云垂一线，彼青天有潮汐新回。

（海湾静观）


了悟清明，唯见无边光影；
谛观浑沌，只听不息潮声。

（海月长禅）


心神慧觉安祥至；
日色清明混沌开。

（天光惬意）


叠叶铺张多接日；
举花挺直可经风。

（西湖荷月）

晓风吹雪天如洗；
对鸟鸣晴树可依。

（冬晨清朗）


暮色同田翁杖返；
耕牛有燕子歌翻。

（春意感人）


携爽气，朝阳铺地锦；
吸深云，老树破天霜。

（秋冬好景）


人爱金秋朗朗；
天生玉气泱泱。

（霁月光风）


金鲤忙忙多好事；
白鹅荡荡似闲人。

（池塘生气）

溪远连山峭；
云深作雨霏。

（渔樵隐处）


遥向禅房径；
半由云树程。

（山寺在望）


嫩草犁牛驾挽；
烟村野树云张。

（田园风光）


落日悬停烟树上；
流霞倾注海天边。

（爱煞暮色）


月方东出，恰把归人独照；
日已西红，好将浊酒先温。

（向晚心情）

吞云星月卷；
过雨草风飞。

（呼吸莽原）


浸沙声浅重重到；
冲岸潮回再再来。

（听涛观海）


巧笑微风嬉浪；
平沙皎月轻潮。

（情海无边）


风行浪鼓；
月上心钩。

（沧海玉盘）


风头吹草偃；
牛首戴天晴。

（离离原上）

海涨推余沫；
云低载晚霞。

（滨海夕照）

野鹭斜遮红照；
陈船倒扣金沙。

（霞滩静美）

目迷光晕流金碎；
日涌江花屑玉明。

（光耀波粼）

雨过天清花郁郁；
晴来树暖鸟喤喤。

（声色春情）

杨柳纷如云岸色；
窗天飞似雪绒花。

（春絮漫天）

蛙作春潮鸣月夜；
天生善念动香风。

（花气虫声）


深默岚疏来远势；
热晴雨结入清流。

（烟山碧水）


花气逾春风老树；
蕉声过雨月西厢。

（初夏情天）


行人依树影；
飞汗聚云裳。

（繁街盛夏）


幽街深树寂；
久夏热蝉喧。

（老城三伏）

台风渐去开云海；
夕照微来壮暮天。

（气色可观）


才收紫气分浓淡；
又借行云著浅深。

（秋山霞色）


一丛热烈明天际；
三面清幽闲道旁。

（山冲枫色）


树下还铺金粟粒；
枝头犹带木犀香。

（霜桂初晨）


曲岸芦摇七彩尾；
长天晕串九芒珠。

（丽日湖光）

金霞飞涨海；
碧水戏浮鸥。

（南岛清澜）


云里金光斜照出；
山头浓雨淡烟生。

（嫩日霁氛）


风云来去自无意；
潮浪高低偶有花。

（海天如禅）


队烟突至骑青垄；
阵雨时来洗野茶。

（甘露在山）


遥峰随日隐；
暮霭顶头来。

（夕山云气）

林岩几处风兼月；
花鸟一时晨共昏。

（山居佳况）

山形水势相分画；
凤翥龙蟠合入诗。

（清高妙胜）

云从岱色云如岱；
水作龙涎水若龙。

（极目大观）

翔鹰影掠青螺带；
蝶舞风摇白玉卮。

（山远花近）

蘸云浓淡一时急；
着墨浅深何处惊。

（烟雨如画）

云边天括野；
塞外夏当秋。

(草原辽阔)


寂寂冬无语；
茫茫野莫名。

(皑皑雪原)


随缘飘雨亲田舍；
遍野迷歌唤牧童。

(春耕图景)


散马由缰青草地；
孤鹰写意碧云天。

(高原凉夏)


频吹泉响淘清耳；
漫送林烟接翠毡。

(喀纳斯湖)

夕阳佳树，秋叶还高，润养更兼晚露；
冬日新枝，春苞已满，催生不待东风。

（江南岁杪）

蘸水残荷描旧迹；
扶堤嫩柳报新春。

（太湖二月）

上下天光铺远澹；
纵横江曲衬疏枯。

（富春山居）

叶红知落韵流处；
凫戏爱冲鱼宿家。

（花溪即景）

星际归轮月；
天涯动远潮。

（心海无量）

帆飞三两点；
潮起万千横。

（诗海心澜）

云声未落峰头过；
蝶粉已敷花面存。

（峨眉山下）

平塘猝响寻鱼跃；
垂柳余波画梦圆。

（西溪夏夜）

云絮扶摇，遥看长堤如是阔；
鳞风起灭，翻思止水果真平？

（西湖观想）

波翻春草气；
目接夏云风。

（水天惬怀）

水光岚色迷离际；
山影云形比对间。

（千岛湖风）

灯火岚霞来月下；
曦暾桥岸入云湾。

（江城晨夕）

夹雨岚风凭扇至；
带花藤蔓顺墙来。

（古徽山居）

斜照横波无所语；
深怀曲笔未由衷。

（暮色水心）

逝水相携乱影下；
青山与唱和声回。

（大江东去）

19

胜
與

莫道人间天上；
唯知梦里江南。

（独此苏杭）


合城乡，非亩非阡，卜宅情钟斯地；
联都会，宜工宜墅，种花事得其人。

（江南最好）


灯舫夜，嬉言花烂漫；
画桥春，嗔笑气氤氲。

（姑苏山塘）


三镇九省中枢地；
两江二灵对望峰。

（云鹤武昌）


梦中津渡，风月当年，一二言传曰若；
诗里亭桥，烟花胜季，万千意会维扬。

（广陵记忆）

扬子江，万年水，潮奔东海；
吴淞口，多宝山，角展龙头。

（春申地利）

钓月苏河，两岸重楼鳞次；
临风春浦，三滩异韵珠联。

（江海都会）

雨霁枫桥，惜赏练塘徐汇；
桃红梵塔，观思白鹤南翔。

（春申皆诗）

一市玉兰香，黄歇当年溆浦；
满城桐荫路，春申现代名都。

（沪渎风致）

鼋渚微烟，能画太湖佳绝处；
蠡园片水，好居盛世逸闲人。

（无锡胜景）

愿诗茗生活，缺圆长得春秋朗照；
祈皇帝老倌，前后重排甲乙清流。

（二泉映月）

最爱居番越；
唯因慕汉唐。

（岭南花都）

南国春萌无瘴气；
老街人渐待熙风。

（羊城花市）

沙面过灯艖，远念人依月；
桥头留客座，顽心手摘霞。

（珠江唱晚）

三坊七巷连名第；
一善千秋称义门。

（钟毓福州）

风情熟眼追新貌；
里巷今词换旧名。

（重庆老城）

倘非根气来深远；
岂有风神向莽苍。

（蜀南竹海）

百里滇池，望气审形，龙蛰方惊方起；
千重玉嶂，观风听律，凤栖将翥将鸣。

（昆明山水）

吴山暮鼓，葛岭晨烟，诗意重回南宋；
御道风花，清河灯市，梦华犹录东京。

（临安故地）

韵致便嫚，山色看烟瀛岛外；
风流疏朗，雨声听伞御街边。

（杭州西湖）

朝天门倚吴山势；
镇海楼通御道街。

（南宋旧都）


三重涨晕函香久；
一片浮光动影斜。

（月湖秋桂）


街衢士女皆成景；
舟肆旗幡似列班。

（苏州平江）


夕照霞天，暮云烟岫，必是佳缘利久；
灯舟彩宇，海市神光，果然宝境福多。

（青岛崂山）


怎得比方为客地；
直将认作是吾乡。

（惠州西湖）

漫草推苍宇，玛尼堆石安安在；
幽声遏乱云，隆达幡旗猎猎飞。

（青藏高原）

夕照遥沉，赤白青黄诸色，须臾变幻；
晚钟忽起，悲欢得失之心，刹那安宁。

（南屏湖山）

飞泉佳树，此娜嬛正在好花生处；
连嶂绝陉，有豪杰曾经健步登中。

（巍巍太行）

沧海兴歌，天籁音中箫鼓；
蓬山入画，太清宫顶烟岚。

（崂青湾碧）

偶临逝水波宁刻；
长眺流光律动程。

（淮上如斯）

远巡嘉郡，幸今瀛阁函光，蜃楼须见；
伫立长滩，思古齐盐煮海，鲛市曾闻。

（蓬莱仙境）


愿长似、鸟依椰树；
应总能、春在芭蕉。

（南海风情）


宫庙宸环，好候风熏云睡；
山庄水绕，耐看日丽波平。

（承德故事）


寻黔水清源，有残石翠藓，土司城院；
到唐崖故垒，见崇坊漶字，屏翰湖湘。

（恩施旧事）


观体制废兴，改土归流，百世山家遗旧业；
按版图分合，化苗同汉，千年故事换新天。

（湘黔古今）

惊涛卷似风云诡；
大浪淘如叹息长。

（赤壁怀古）

鄞城西望，迤岭送、龙来地脉；
云舶东朝，景风吹、春到海陵。

（四明山居）

樯馆三江汇海；
娜嬛一阁藏书。

（甬上名邑）

樵山有孤忠逸民与对；
钓处把长流逝水相随。

（富春江上）

花香鸟语，无分四季春长在；
海错蛮珍，便把一壶仙自成。

（天南三沙）

涯角莺歌海，天南光且热；
伞罗渔肆津，日午影非真。

（琼州黄流）

晴香看自咖啡树；
雨气闻来菩萨心。

（五指山上）

天时长好，有情花四季；
地利永嘉，能熟稻三期。

（岭南庶阜）

灯火稀微，湖上玲珑多宝塔；
星波明乱，桨中轻快小篷船。

（三潭印月）

虫争月上初晴夏；
鱼弄声来二老亭。

（西子湖滨）

一盆水库微观景；
数点螺山大有情。

（千岛湖）


依我抱怀多插屿；
从天落手似栽花。

（千岛湖）


双廊对海晴光下；
一抱来风碧色中。

（洱海苍山）


须腾五指山头雨；
一洗万泉河上天。

（崖州琼海）


云在天边尤可爱；
风来岛上最相思。

（南海西沙）

云影游乎水；
花香爱煞人。

（鹅湖书院）

浩荡云间水；
迷蒙橘子洲。

（湘江长沙）

山有奇峰惊鬼斧；
云多逸气养天心。

（张家界）

越岭来兹生崄峭；
资江到此化葱茏。

（邵阳山水）

行来豪气天风地；
享得小康诗酒茶。

（常德桃源）

朝日曳金线；
前山著锦袍。

(峨眉圣顶)

上下盘山南北界；
炎凉换景夏秋时。

(秦岭一日)

高原六月三春至；
漫草黄花一夜生。

(青海湖畔)

野马青山夏；
旷原黄草秋。

(塞上风光)

观河将泛浩；
望气欲摩苍。

(登鹳雀楼)

神工开禹迹；
鲤跃壮龙门。

（洛阳伊川）

崖洞春秋岁；
佛身千万尊。

（龙门石窟）

结庐居汕尾；
迎旭在潮头。

（珠岛逸隐）

秋风如笮箄；
阔野尽蒿莱。

（坝上草原）

遗韵也曾无眼识；
老街亏得有人修。

（多伦路景）

梵宇规模今复盛；
密乘气象又重光。

（静安古刹）

马头墙歇影；
凤尾竹摇风。

（徽州古村）

青龙洞构岩崖上；
夫子祠居释老间。

（镇远寺庙）

三教能融多福报；
一城虽局不蜗跧。

（太极古邑）

浩渺铺陈黄海渡；
绵延点串绿洲花。

（千里沙漠）

箜篌旧谱天音远；
燧燧残封夕照斜。

（西域古风）

形势冰川茎脉白；
风光坡草马羊肥。

（大美天山）

在陆为山称福地；
入洋成屿渡仙槎。

（霍童洞天）

立祠文武香长祀；
开郡安平额旧题。

（台南古城）

暗香胜境石碑篆；
大庾雄关雪驿亭。

（梅岭早春）

廊与飞虹桥合一；
亭来解玉水流双。

（成都锦江）


铁道开通犹窄轨；
石林绕过是平川。

（彩云之南）


白沙听古乐；
玉水漱青龙。

（丽江烟雨）


四方佛塔云追影；
三道茶歌宾至家。

（南诏古风）


白族才情高格调；
紫城风度好年华。

（大理名邦）

**20**

游

历

江水长淘千古迹；
人生多羡少年游。

（一路歌行）

八司马地投荒置；
五大夫松幸御封。

（迹踪叹史）

四十度天蒸未止；
五千年地热相看。

（暑游古迹）

驱车寻胜地；
执礼拜先贤。

（访古怀人）

旧地几番过客；
长天一片浮云。

（故国神游）

飞渡关山多骋目；
坐游梦寐偶回神。

（航空观想）

四百年后汤公井；
三生世前庾岭梅。

（徐闻书院）

八百里塬遗瓦砾；
十三朝事入氤氲。

（秦川怀古）

枫迁万里生穷野；
尧放三危记隐言。

（岜沙苗寨）

木朽材堪用；
垣残石敢当。

（古宅犹存）

小院花零，苔墙衬、黄枝老叶；
低檐偪旧，名士题、正字高风。

(板桥故居)

小杖扶持苔老迹；
前山遮挡雨空音。

(东坡行踪)

山气梦吞来歙县；
水声船寄下杭州。

(宿建德江)

登云塔上胸当阔；
仰月渡中思更殷。

(雷州怀古)

顺溪镇外虹桥隐；
分水关前雾境开。

(浙闽此界)

依稀月下寻残梦；
怅惘淮南访古书。

（寿州旅次）

曩昔归沦落；
于今忆盛昌。

（沧桑有迹）

居处九夷何陋之有；
风歌百越非诗也乎。

（礼失存野）

乡规题漫漶；
塾匾字微茫。

（古村遗风）

近海云声涵故事；
来潮天井带微澜。

（江东书院）

并非栋宇称宏构；
须有汗青流远芳。

（古宅仰高）

湖泽堆泥观稼穑；
稻蔬盆景绕渠溪。

（兴化垛田）

兴亡多故浣娃泪；
取舍无情渔父纶。

（太湖蠡园）

卧儿衢巷金融市；
步老围街戏剧台。

（新约克城）

拜占庭堂罗马顶；
伊斯坦堡可汗旗。

（土耳其）

兼名异教你中我；
对面分洲海似河。

（亚欧界峡）

西亚东欧前后脚；
远帆长峡往来梭。

（伊斯坦堡）

土宜同柳外；
地气仿松滨。

（北德意志）

牛奔赤幪，儿郎多血气；
扇摆红裙，风俗共天真。

（西班牙）

水落流英流水迹；
山行倚杖倚山门。

（峰奇寺隐）

行船忽遇江豚跃；
思古偏逢桃汛隆。

（扬子春潮）

浦口遗文存背影；
石矶揽月激余风。

（长江诗情）

# 21

## 咏物

缥缈燎中，手自持而耐独；
浑敦尘上，人相处之能群。

（香烟妙用）

借名三佛齐番舶至，昔为君子清神药；
雅号淡巴菰古译来，今作世人致病讯。

（惜哉烟草）

如花生韵，郁香惯不因风至，至夺魂摇魄；
似水赋形，宿慧天然做人来，来见性明心。

（桂酒椒浆）

安虑能消暑；
劝人多吃茶。

（碧螺春长）

三春留以发；
百味入其萌。

（茶蕴精神）

嗅花扑蝶庭前跳踯；
摇尾蹭头膝下偎依。

（萌宠猫儿）


百样乖怜藏虎性；
万般钟爱集毛身。

（养猫者知）


惜玉怜香夫子意；
依猫描虎大王风。

（爱宠入画）


胜于人类，舍己跟随到底；
托乎毛族，存心依恋从头。

（犬忠可悯）


身将菩萨拜；
手把核桃香。

（松鼠向佛）

夏树荫方好；
春雏羽渐丰。

（小冠日红）

脚多横里行，身手尽披甲胄；
拳大窝中斗，庖厨终对刀兵。

（蟹不敌饕）

青甲披坚霸气；
金钳执锐威风。

（蟹大将军）

宜尔若虫藏厚土；
率然将蜕化螽蝉。

（时至声高）

但有高声何用做；
只须一念敢于鸣。

（蝈蟥恼人）

朗舒可与秋凉热；
清爽并同桂郁香。

（菊英延寿）

使结琉璃子；
应含剔透心。

（葡萄如玉）

护花入夏遮长日；
固本先秋对落风。

（绿叶霜红）

苦处菩心当入世；
笑时玉指未拈花。

（佛手瓜图）

为有春花如玉白；
相看秋实作丹红。

（天竺含瑞）

看花还是从容好；
入眼都生锦绣心。

（芙蓉香阵）

可忘花容色；
唯寻果味香。

（榴多福报）

出水浮萍，枝嫩还随浪隐；
护花掩面，叶阔每顺风倾。

（荷塘生趣）

圆叶如盘收滴雨；
直枝作秤计摇风。

（荷其公正）

粉瓣分分落；
金蓬个个擎。

（秋日莲池）

蓬影摇回焦叶老；
丛茎拥住好花红。

（水宫仙子）


蕌花浓处还依地；
瑞气盈时自透墙。

（无架紫藤）


灼灼其华生气注；
夭夭之色赤霞来。

（桃花春信）


骨硬身孤寂；
枝繁叶郁葱。

（大漠胡杨）


虚心容苦水；
老脸耐浮风。

（胡杨可诗）

醉白连天春未去；
香红扑面夏方来。

（夹竹桃花）

定睛禁得千回看；
滴血结成三世盟。

（雨花红石）

形寄炉青火；
心随烟赤霞。

（景德画瓷）

型偶三排，坐一个月宫憨兔；
娇娃五色，藏几回春梦羞人。

（彩塑传神）

长线鱼旗活；
高天鹞羽轻。

（潍坊风筝）

水滴檐前，润壁窗经世；
猫闲屋上，爬墙蔓有年。

（老街印象）

侵鼻冷香敷两颊；
遮颜佳色露双睛。

（口罩花样）

22

祝

贺

当春时令，愿风花各好，人天无恙；
改岁机缘，祈运命咸通，出入皆安。

（新年大吉）


吉日欢来谁做主；
祥年行运各从心。

（恭贺新禧）


不眠除夕因怀旧；
当醉新正好忘年。

（春驻宜长）


天与和风盈盛世；
人同春气入嘉年。

（岁好福多）


春风已讯春闱必先折桂；
新岁预知新人合当添丁。

（阖府吉祥）

长者寿，阖府康，好人家五福皆应至；
开门红，满堂彩，新岁月百祥都合来。

（高第嘉年）


千里姻缘应有定；
新年事业更无涯。

（花好岁安）


新正渐向共情月；
朔旦即来同好春。

（岁吉人和）


雪呈瑞兆，仰对年年天眷；
梅证心香，拜祈岁岁人安。

（冬去春来）


人寿年丰宜新岁；
桃红柳绿正当时。

（国泰民安）

楹对祥和兆；
春生吉庆门。

（是好人家）

天气祥和人致福；
家风敦睦岁逢春。

（嘉年续来）

正来积善成功新岁月；
定是光前裕后好人家。

（春意盈门）

岁岁好人多福报。
年年吉府自春生；

（敦风世家）

除旧去如燃爆竹；
迎新好似放烟花。

（红火日子）

长共夕朝将泰平持久；

新添岁月把康乐加多。

（增福延庆）


昨夜悄悄忙忙运来云霄宝殿千钟天储禄；

新年吹吹打打庆有玉桂蟾宫五子连登科。

（子鼠岁吉）


协理阴阳春不喘，迎春年画得五牛图本意；

均匀雨旱岁宜平，贺岁钟声听百姓祝天心。

（丑牛岁吉）


虎虎生风瑞兽偕来福气；

年年有喜新春又起祥云。

（寅虎岁吉）


明眼儿前边看得年成红火；

玉身子月上奔来耳顺祥风。

（卯兔岁吉）

本尊具冰雪聪明常居玉宇；

今岁携风花福泽又下蟾宫。

（卯兔岁吉）

开张天正有春行气象；

奇逸人应同岁运精神。

（辰龙岁吉）

鸿运及身添作福；

青云到此化成龙。

（巳蛇岁吉）

门庭生骐骥，春风佳日驰行千里；

传说有飞黄，好运吉时腾踏九重。

（午马岁吉）

春依花树呈新样；

岁合神祇示吉祥。

（未羊岁吉）

王母蟠桃宴分来，新增瑞寿；
西天佛祖经取到，长祷嘉年。

（申猴岁吉）

句芒青帝驾将至；
昴日星君冠愈红。

（酉鸡岁吉）

佳音春水汪汪至；
正气阳天跃跃来。

（戌狗岁吉）

天道周行，最是今春福分大；
流年递至，何如这个生肖欢。

（亥猪岁吉）

今日鸳鸯眷；
明年鸾凤儿。

（新婚贺囍）

好年华献祖国要做人民好战士；
新时代守江山誓添门第新荣光。

（军属之家）

已是春秋颜色好；
更添世代子孙佳。

（螽斯衍庆）

祝同东海，其仁自有福广；
愿比南山，斯德还将寿高。

（昼锦延禧）

人老唯期家国好；
岁新更祝雨风和。

（乾坤并寿）

乐与同胞同不老；
喜添一岁一还春。

（国泰民丰）

万古悲心因岁晚；
百花好意送春新。

（岁月慈恩）

合来馀腊八方气；
好做新春五福人。

（腊八迎年）

国祚年年增福瑞；
家门日日近春光。

（欣欣向荣）

模样观来都不错；
年时算得后尤佳。

（祥瑞兆新）

自知故纸堆中乐；
又见沉舟侧畔春。

（静岁书斋）

# 跋

事出有因，缘来合象。

壬寅岁暮，阴尽阳生，静养中编成此集，起因则在冬初与儿论诗，以为学律诗者，非先有对仗功底不可，平仄声韵可藉以讲求，愿为编订样例，使观摩练习。时又有经济学教授而善书法王联合兄者，盛意笔录拙诗多首，则谓之何莫拟楹联供年节志贺酬应而书之也。

近年自编诗、词、曲集四五种，即从中摘引合于五七言对仗者，又新写各式楹联若干，得一千之数。分为岁时、天象、治平、立身、境界、禅意、感怀、诗心、道理、人生、处世、生活、齐家、雅事、爱情、情谊、人物、景致、胜舆、游历、咏物、祝贺二十二类，以一千副对联分属之，虽知不甚精准，但愿庶几近之，方便翻阅尔。

汉语言，字为词，音有节，此特点独步天下。中国审美，尤其精熟于对称之美，诗骚一唱二和，有往而复，即便先秦散文也有骈俪韵致，何况汉魏六朝深于四六赋体。唐宋以降，诗词每以连绵相对为高，至元曲明剧，常以对偶三重四叠排比极形尽势。以此观之，楹联之发达，正是汉文学气脉使然。雅好对联，也正是对汉语的深刻认知和对传统的真正继承。

楹联事雅而通俗，寓理而达情，且在日常日用之间，耳目所及之处，其于广知增学、兴教成人，于弘传古典、复兴文化，应不无裨益。吾愿不以小道视之，祈但有所拟，要与天人古今、情理知行相关，要有诗书礼乐、儒道佛禅、史地风俗、人情世故的知见，以此行诸文字，娱之同好。

匆匆跋之，今日壬寅除夕，正是贴春联之时。

**林在勇**

2023 年 1 月 21 日

# 又跋

拙稿年初编完至今已逾十月，期间又以新诗联语略作替换，仍以一千为数。实话说，自己翻阅时，对其中一些也不甚满意，明天即将付印，这一版也就只能如此了，要请读者见谅，也要向为我赐序的两位大家，忘年诗交的胡中行前辈和未曾谋面的文师华教授致敬并致歉，拙拟联语恐有负长者序中的抬爱。还要感谢联合老弟、朱枫编辑热忱鼓励，精心审校，设计装帧，规划插页，其谬奖厚爱，感触殊深。

夏秋以后，又承蒙诸位书法名家和师友为敝联雅赐墨宝，感念之情无以言表，也颇生椟贵珠黄之愧。上个月曾作小诗一首以表谢忱。

### 七绝·自拟骈语承方家赐法书，敬观妙翰遥拜谢之

静似潜龙动舞鸾，

高风厚谊寄毫端。

成双好事双成就，

合一联珠一合观。

44位书家插页有各种书体书风和题款样式，也为楹联书写爱好者提供了范例。作为拟联者，我本人也代表出版方声明，任何读者均可征引、书写本书楹联，唯期不作商业之用途，像书法家们在本书插页中所示范的那样，上款有撰者，落款为书者，即视为对版权之尊重，也合乎作者文

责之自负。书中每一楹联之后，均附有括号四字，亦可作为横批之用。

最后再啰嗦几句。楹联最基本的规则，今人还是要讲求的，上联的落脚必定要是仄声，下联落在平声。每联之中文词节奏点上要前后平仄错落，上下两联之间要平仄相反，词义上下对应，相同相反相近相关，否则就于楹联艺术相去太远了，也无法体现中华文学语言之美和对传统的继承弘扬之旨。初学者务必在意。

本书正式出版之际已近癸卯岁末，又是写春联、贴年红之时。甲辰年到了，不用一个龙字，贺一下龙年，祝读者龙年大吉：

开张天正有春行气象；
奇逸人应同岁运精神。

**林在勇**

2023 年 12 月 19 日

**图书在版编目(CIP)数据**

楹联类纂/林在勇著. —上海：复旦大学出版社，2024.1
ISBN 978-7-309-16964-5

Ⅰ.①楹… Ⅱ.①林… Ⅲ.①对联-作品集-中国-当代 Ⅳ.①I269.7

中国国家版本馆 CIP 数据核字(2023)第 160003 号

**楹联类纂**
YING LIAN LEI ZUAN
林在勇　著
责任编辑/朱　枫

复旦大学出版社有限公司出版发行
上海市国权路 579 号　邮编：200433
网址：fupnet@fudanpress.com　http://www.fudanpress.com
门市零售：86-21-65102580　团体订购：86-21-65104505
出版部电话：86-21-65642845
上海新华印刷有限公司

开本 787 毫米×960 毫米　1/32　印张 8.5　字数 114 千字
2024 年 1 月第 1 版
2024 年 1 月第 1 版第 1 次印刷

ISBN 978-7-309-16964-5/I · 1366
定价：58.00 元